DER GELBE REGENMANTEL

Für unsere Eltern

Alexa Hennig von Lange

DER GELBE REGENMANTEL

Geschichten übers Geborgensein

Illustriert von Bonnie & Buttermilk

DUMONT

INHALT

KROATIEN

BIST DU SICHER?

Über den Mut, jemanden von ganzem Herzen zu lieben, die Notwendigkeit, über sich selbst hinauszugehen, und die Dankbarkeit, Herausforderungen nicht allein bewältigen zu müssen

»Bist du sicher?«, fragt mein zukünftiger Ehemann und sieht mich besorgt von der Seite an.

»Was soll schon passieren?«, frage ich ihn und klappe den Kroatien-Reiseführer zu. Wir sitzen in Benedicts Bett. Von da aus blicken wir in seine Loft-Wohnung, die er sich mit viel Mühe für sein Junggesellenleben ausgebaut hat. Mit freigelegtem Mauerwerk, einer Küche im Industrial-Design, großen tropischen Pflanzen und Retro-Lichtschaltern. Ich lege den Reiseführer auf die selbst gebaute Holzkiste, auf der eine Retro-Nachttischlampe steht. Ich stöhne leise. Mein stetig größer werdender Bauch ist mir im Weg.

»*Das* kann passieren«, sagt Benedict und zeigt auf meinen Bauch.

Ich lehne mich zurück und sage trocken: »Das ist schon passiert.«

Wir haben uns kennengelernt, als Benedict gerade mit dem Ausbau seiner Wohnung fertig war. Er hatte eigentlich nicht vor, sich zu binden. Über die Gründe haben wir viel geredet und am Ende hat sich herausgestellt, dass er Bindungsangst hat. Wer hat die nicht? Ich habe mein Leben lang entsetzliche Bindungssangst gehabt. Aber eigentlich ist es nicht die Angst vor der Bindung, sondern vor dem Schmerz, den so eine enge Bindung automatisch mit sich bringt. Ich weiß, das hört sich sehr negativ an. So ist es aber gar nicht gemeint. Benedict und ich, wir lieben uns. Wir haben uns gesehen und wussten, dass wir den Rest unseres Lebens miteinander verbringen wollen. Es war eine reine Herzensentscheidung.

Nun heiraten wir bald und werden Eltern einer kleinen Tochter. Seit unserem Kennenlernen haben wir sehr viel mit unseren jeweiligen Bindungsängsten zu tun gehabt. Es ist schwierig, zwei Leben zu einem gemeinsamen werden zu lassen. Was nicht heißt, dass wir symbiotisch sind. Es heißt, dass wir unseren gemeinsamen Weg finden wollen. Benedict muss zum Beispiel sein Loft für unsere neue gemeinsame Wohnung aufgeben, obwohl die Küche mit all den teuren Geräten so schwer einzubauen war. Und wenn unser Baby da ist, muss ich in Elternzeit gehen, obwohl ich meinen Beruf liebe. Ich muss meine schlanke Figur hergeben, für die ich so hart trainiert habe. Wir haben beide Sorge, uns in der Gemeinschaft zu verlieren und gleichzeitig wollen wir nichts anderes. Ich erzähle hier sicher nichts Neues. Jeder, der sich auf eine enge Bindung einlässt, kennt diese Prozesse.

Gerade geht es um den Prozess, unsere Hochzeitsreise zu planen. Ich möchte nach Kroatien, weil ich dort bei der Familie meines Vaters immer die Sommerferien verbracht habe. Ich möchte meinem zukünftigen Mann den Ort zeigen, der mich in meiner Kindheit wohl am meisten geprägt hat. Das Haus meiner Großeltern ist mein Sehnsuchtsort, an dem ich ganz ich selbst sein kann. Für Benedict gibt es solch einen Ort nicht, sagt er. Das glaube ich ihm natürlich nicht. Jeder Mensch hat einen Sehnsuchtsort, an dem er als Kind ganz er selbst sein konnte. Und wenn es die Sandkiste im Garten war.

»Was denkst du gerade?«, fragt Benedict und knipst das Licht auf seiner Seite aus.

»Wie es dir in Kroatien gefallen wird.«

Mein zukünftiger Ehemann nimmt mich in den Arm. »Na, sehr gut natürlich! Ich habe nur die Befürchtung, dass dir das mit dem Wohnmobil zu viel wird. Ich habe mir mal die Temperaturkurve im Internet angeschaut. Im Hochsommer wird es dort ja ziemlich heiß.«

»Ich weiß. Aber wir haben doch eine Klimaanlage.« Ich bin fest entschlossen, unsere Hochzeitsreise nach Kroatien mit dem Wohnmobil zu machen – wir wollen sogar bis nach Istanbul fahren. Fliegen kommt für mich nicht infrage. Seit der Schwangerschaft leide ich plötzlich unter Flugangst. Außerdem ist Benedict ein sehr guter Autofahrer. Damit wir uns die Hochzeitsfeier leisten können, musste er leider sein Motocross-Bike verkaufen. Damit ist er mit seinen Freunden Rallyes gefahren, bis wir uns kennengelernt haben. Natürlich geben unsere Eltern auch etwas dazu. Aber wir wollen alle unsere Freunde einladen. Das werden an die zweihundert Leute, und ich bezahle dafür die Hochzeitsreise. Zu diesem Zweck habe ich fast alle meine Designerklamotten verkauft, die ich mir für Restaurantbesuche mit meinen besten Freundinnen zugelegt hatte. Wie gesagt: Es ist alles ein Abwägungsprozess. Du gewinnst etwas, wenn du dich bindest, und du verlierst etwas. Oder noch schöner: Du lässt es los. Ich schalte mein Nachtlicht aus und sage: »Es tut mir leid, dass du deine Motocross-Maschine verkaufen musstest.«

Benedict gibt einen kleinen Seufzer von sich und küsst meine Stirn. »Ich liebe dich.«

Ich hätte nicht gedacht, dass eine Fahrt mit dem Wohnmobil nach Kroatien so anstrengend sein kann. Zumindest, wenn man »in anderen Umständen« ist. Es ist Mitte August, überraschend heiß in Kroatien und nach drei Tagen Fahrt ist unsere Klimaanlage bereits kaputt. Das heißt, wir sitzen wie in einer Konservendose, die über dem Feuer erhitzt wird. Natürlich ist das übertrieben. Aber so fühlt es sich für mich nun mal an. Mittlerweile kann ich Benedicts Zweifel verstehen, ob diese Reise wirklich vernünftig ist. Vernünftig ist sie vielleicht nicht, aber ich glaube an Gleichberechtigung. Ich habe mir Flitterwochen in Kroatien gewünscht, Benedict Flitterwochen mit dem Wohnmobil. Er wollte schon immer einmal mit dem Wohnmobil durchs regnerische Schottland fahren, nun geht es genau in die entgegengesetzte Richtung. Mein frisch angetrauter Mann trägt Badehose und T-Shirt und steuert uns die kurvige Küstenstraße hinunter, vorbei am glitzernden, kristallblauen Meer. Ich habe eins seiner T-Shirts an, einen Rock mit Gummizug und meine Fußknöchel werden immer dicker.

KROATIEN

Ich versuche, meine Beine auf das Armaturenbrett zu legen, damit die Stauung etwas nachlässt. Wir genießen die schöne Aussicht, gleichzeitig werden unsere Augen immer müder. Heute Nacht konnten wir nur noch auf einem Hotelparkplatz »wild parken«, weil der angepeilte Campingplatz voll belegt war. Von draußen schienen die Parkplatzlaternen zu uns herein und tauchten das Innere unseres mobilen Heims in gelbes Licht. Wir lagen auf dem Bett über der Fahrerkabine. Was heißt »lagen«. Ich musste jede Stunde die schmale Leiter hinunterklettern, um auf unsere Chemietoilette zu gehen. Das gehört dazu, wenn man schwanger ist. Gegen fünf Uhr morgens, bei Sonnenaufgang, klopfte es ziemlich heftig an unserer Plastiktür. Benedict ist aufgestanden und hat nachgeschaut, was los ist: Es war die örtliche Polizei, die uns genau fünf Minuten gegeben hat, um uns vom Acker zu machen. Ich kichere.

»Was ist los?«, fragt Benedict und sieht mich durch die Gläser seiner Aufreißer-Sonnenbrille an, die er sich in irgendeinem Thailandurlaub vor unserer Zeit gekauft hat.

»Das ist eine ziemlich witzige Hochzeitsreise«, antworte ich.

Er grinst. »Wenn du das sagst.«

»Na ja, oder aufregend. Hätten die netten Slowenen nicht alle ihre Autos umgeparkt, damit wir wieder aus der verwinkelten Altstadt von Bled herauskommen, würden wir immer noch in der engen Gasse feststecken.«

»Dafür haben wir jetzt eine Schramme hinten an der Stoßstange.« Benedict legt seine Hand auf meine. Zärtlichkeiten verbinden uns. Es gibt vieles, was uns miteinander verbindet. Vor allem, dass wir zusammen alt werden wollen.

Mit einem Tuch wische ich mir den Schweiß von der Stirn und öffne das Fenster, um ein bisschen Meeresbrise hereinzulassen. Die salzige Luft riecht so gut. Ich höre die Möwen kreischen. Ich sage: »Bei dem Preis, den wir für diese Schrottlaube bezahlen, sollte man eigentlich erwarten, dass die Klimaanlage funktioniert.« Schrottlaube trifft es natürlich nicht ganz. Eher fahren wir mit einer rustikalen Schrankwand durch die Gegend. Innen ist alles mit Holzfurnier verkleidet und die Sitzbank hat Blümchenbezug. Aber trotzdem funktioniert so gut wie nichts. Ich seufze: »Nicht zu vergessen, dass wir jetzt nur noch ein zugeklebtes Toilettenfenster haben.«

Auf den steilen Serpentinen hinunter zum Mittelmeer kam uns gestern ein Tanklaster entgegen, der wie Benedict keine Lust hatte, die Geschwindigkeit zu drosseln. Er zieht die Stirn kraus. »Ich dachte, Augen zu und durch«, sagt er.

Tja. Das wird teuer. Die Kaution wird unser Wohnmobil-Vermieter auf jeden Fall einbehalten. Wir sind jetzt auf dem Weg nach Biograd. In der Nähe wohnt die Familie meines Vaters, dort, wo ich früher meine Ferien verbracht habe. Es wird immer heißer in unserem schaukelnden Gefährt. Schließlich lenkt Benedict auf den Parkstreifen eines kleinen Ortes direkt am Hafen. Ich sehe ihn an. »Was hast du vor?«

»Kurz ins Wasser springen und abkühlen.«

»Aber meine Badesachen sind ganz unten im Koffer.«

»Guck mal!« Mein Ehemann zeigt durch die mit Fliegendreck verschmierte Windschutzscheibe. »Dort drüben am Hafen gibt es einen kleinen Stand mit Bikinis und Badehosen. Vielleicht findest du da was.«

Gut. Ich werde das jetzt nicht diskutieren. Ich mache jetzt kein Problem daraus. Uns ist heiß, wir wollen baden. Also kaufe ich mir einen Bikini an einem mobilen Verkaufsstand für Badebekleidung. Man sollte immer offen sein für neue Erfahrungen. Wir steigen aus. Es staubt. Wir warten, bis ein paar Autos an uns vorbeigerast sind, dann überqueren wir in unseren Badelatschen die Straße. Das kalte Wasser wird meinen geschwollenen Beinen gut tun. Wir gehen direkt rüber zum Stand mit den Badesachen. Ich kaufe mir den letzten Bikini, der pink und gelb und eigentlich eher für Kinder gedacht ist. Egal. Hinter einem Blechschuppen ziehe ich mich um, und als ich im knappen Badeoutfit wieder an der Hafenmauer auftauche, sieht mich Benedict so fasziniert an, als würde er mich auf der Stelle gleich noch mal heiraten wollen. »Du siehst umwerfend aus.«

Ja, mit riesigem Bauch in einem winzigen Kinderbikini. So ist das Leben, denke ich. Eine Erinnerung für die Ewigkeit. Wir klettern über ein paar schroffe Felsen hinunter zum türkisblauen Wasser. Benedict passt auf, dass ich nicht abrutsche. Er ist dankbar, dass ich so unkompliziert bin. Das kostet mich manchmal allerdings einiges an Überwindung. Aber im Moment fühlt es sich richtig krass und abenteuerlich an, hochschwanger im Mini-Bikini am Hafen ins Wasser zu hüpfen. Für Benedict ist das normal, sowas Spontanes zu tun. Früher hat er Bungee-Jumping von irgendwelchen australischen Brücken veranstaltet. Er springt zuerst, ich folge ihm. Leider lande ich unter Wasser an einem spitzen Felsen. »Aaah!«, rufe ich. »Aaaah!« Zuerst denke ich, mein halber Oberschenkel sei aufgeschlitzt. Ich sehe mich im Krankenhaus, wie ich operiert werde und einen Wundstarrkrampf bekomme, aber als wir wieder die Felsen hinaufklettern, Benedict muss mich eher hochziehen, sehe ich, dass es nur eine Schürfwunde und ein ziemlich großer Bluterguss sind. Mein Mann streicht mir die feuchten Haare aus der Stirn. »Meine tapfere Frau.«

Ich lächle freundlich. »Wenigstens waren wir im Wasser.«

Wir liegen auf den Felsen, die Sonne trocknet uns, wir hören das Plätschern der Wellen, das Kreischen der Möwen, die vorbeifahrenden Autos und ich nehme Benedicts Hand. »Ich bin dankbar, dass ich dir das Haus meiner Kindheit zeigen kann. Auch, wenn wir noch nicht angekommen sind.«

»Wir werden ja bald ankommen,« sagt er.

Im Moment bin ich mir da nicht so sicher. Seit eben spüre ich krampfartige Schmerzen im Unterleib. Das können unmöglich Wehen sein. Unsere Tochter soll erst in sechs Wochen kommen. Aber wenn ich Benedict jetzt von diesen Schmerzen erzähle, wird er mich sofort in das Wohnmobil verfrachten und die Nacht durchfahren, bis wir wieder zu Hause sind. Es ist unser erstes Kind. Wir sind gut vorbereitet mit einem Platz im Krankenhaus und unse-

rer Hebamme. Alles soll ganz entspannt ablaufen. Seit dem positiven Schwangerschaftstest hat Benedict Panik, dass es Komplikationen geben könnte. Was das anbelangt, ist er überhaupt nicht abenteuerlich, sondern absolut vorsichtig. Ich weiß nicht, was er mit »Komplikationen« meint. Bis jetzt habe ich mich in der Schwangerschaft sicher gefühlt. Nun zieht es schon wieder so komisch in meinem Bauch. Mein Mann hat zum Glück die Augen geschlossen. Also taste ich vorsichtig meine Bauchdecke ab. Die Haut fühlt sich ungewöhnlich fest an. Wie ein ziemlich praller Ballon. Sind das die sogenannten Übungswehen? Das muss ich später auf meinem Handy googeln.

Ich sage mit so einer ganz sanften Stimme: »In den Sommerferien sind wir immer nach Kroatien gefahren, in die Heimat meines Vaters, zu seinen Eltern und Geschwistern. Im Haus meiner Großeltern war immer viel los. Alle Verwandten haben mich ständig umarmt und gedrückt, was mir manchmal ein bisschen zu viel wurde. Gleichzeitig fand ich es natürlich auch schön.«

Benedict tastet nach meiner Hand: »Dich muss man aber auch die ganze Zeit umarmen. Besonders in deinem Mikro-Bikini.« Er lacht. Von meinen Schmerzen weiß er nichts.

Ich halte mich an seiner Hand fest. Plötzlich habe ich auch Angst. Ich fühle mich nicht mehr sicher. Ich kann das Ziehen im Unterleib nicht kontrollieren. Es wird immer stärker. Ich atme flach, damit Benedict nichts merkt. Um mich abzulenken, sage ich: »Als Kind war ich ziemlich schüchtern. Am liebsten war ich für mich. Aber mein Großvater und ich waren wie zwei verwandte Seelen. Das klingt vielleicht komisch, aber in seiner Nähe fühlte ich mich immer aufgehoben, wenn wir draußen auf der Terrasse Domino spielten. Wir mussten gar nicht viel reden. Leider war er damals schon sehr krank. Darum musste er sich nachmittags oft hinlegen, um sich auszuruhen. Im Anbau des Hauses, das war so ein schmaler Raum, in dem ein Kühlschrank stand, hat er sich auf ein altes Sofa gelegt. Keine Ahnung, warum ausgerechnet dort. Wahrscheinlich, weil es da am ruhigsten war.«

Ich höre das Rauschen der Küste. Ich spüre, wie das Salzwasser auf meiner Haut trocknet. Ich bin wieder zurück bei meinen Großeltern. Ich sehe mich in meinem Sommerkleid in diesem kühlen, kargen Zimmer auf einem bunten Holzhocker sitzen, während mein Großvater schwer atmend schläft. Mein Blick gleitet über die Regale mit den Konserven, meinen lieben Großvater auf dem Sofa, zugedeckt mit einer Häkeldecke. Ich esse ein Eis und lausche dem Brummen des Kühlschranks. In dieser Stille bin ich wieder ganz ich selbst und fühle mich geborgen.

»Ich freue mich darauf, deine Familie kennenzulernen«, sagt Benedict noch einmal.

Ich drücke seine Hand. Das Ziehen in meinem Bauch tut so weh. Mein Opa lebt schon lange nicht mehr. Das kleine Mädchen von damals gibt es auch nicht mehr. Es ist inzwischen verheiratet, schwanger und steckt gerade in einem viel zu kleinen Bikini. Und es hat Angst. Was hätte mein Großvater in diesem Moment zu mir gesagt? »Sag deinem Mann, dass du Schmerzen hast und fahr nach Hause. Wenn euer Kind da ist, kommt ihr zurück und dann spielen wir alle zusammen Domino.«

Z
Z
Z
Z

MEIN VATER UND ICH

Über Väter und Töchter, über unvergessliche und abenteuerliche Momente in der Kindheit und über die Sehnsucht nach Geborgenheit, wenn es Zeit ist, Abschied zu nehmen

Der Anruf aus dem Krankenhaus kommt ganz unerwartet. Mein Vater wird bald neunzig. Er war schon immer älter als die Väter meiner Freundinnen. Aber er ist der beste Vater, den ich mir wünschen kann.

»Ich bin auf dem Weg«, sage ich. Die Krankenschwester erklärt mir, wo ich mich melden soll, wenn ich ankomme. Ich werde erst kurz vor Mitternacht bei meinem Vater sein. Leider wohnen wir dreihundert Kilometer voneinander entfernt. Ich habe nicht damit gerechnet, dass er einen Herzinfarkt bekommt. Mein Vater war für mich immer unverwundbar. Heute Nachmittag ist er trotz starker Schmerzen in der Brust zu Fuß zu seiner Hausärztin gegangen, wo gerade noch rechtzeitig der Rettungswagen gerufen werden konnte.

Ich stelle meiner Katze Millie frisches Futter hin und überprüfe, ob auch alle Fenster geschlossen sind. Millie springt gerne mal auf den Balkon und von dort aus in den hinteren Garten unseres Mehrfamilienhauses. Ich sehe nach, ob der Herd ausgeschaltet ist. Ich räume das Geschirr vom Abendessen in die Spülmaschine, ich schaue mich prüfend im Wohnzimmer um. Alles ordentlich. Nicht zu ordentlich, aber gemütlich ordentlich. Ich nehme Millie kurz auf den Arm, streichle ihr weiches Tigerfell und verspreche: »Ich bin bald wieder zurück.« Dann setze ich sie aufs Sofa, rücke die Kissen zurecht und ziehe die Wohnungstür hinter mir zu. Zur Sicherheit gehe ich mit meiner Reisetasche zwei Treppen rauf zu meinem fünfundzwanzig Jahre jüngeren Nachbarn und klingle. Durch seine Wohnungstür höre ich elektronische Musik. Es dauert einen Moment, bis er öffnet. Er sieht so frisch und jung aus. »Hey!«

Ich hebe kurz die Hand und sage auch: »Hey!«, wobei ich mich gleich räuspere. Moritz trägt ein enges Feinrippunterhemd und weite Jogginghosen. Wahrscheinlich hält er mich für eine Oma. In seinen Augen sehe ich bestimmt aus wie achtzig, dabei bin ich achtundvierzig. Gut, meistens binde ich mir schnell die Haare zum Pferdeschwanz zusammen und schminke mich auch nur in Ausnahmefällen – wenn ich auf Menschen treffe, die mich nicht jeden Tag sehen, auf die ich noch ein bisschen Eindruck machen kann. Früher galt ich mal als heißer Feger, aber das ist vorbei. Mein Äußeres ist einfach nicht mehr mein Hauptthema. Dafür habe ich als Klassenlehrerin einer fünften Klasse viel zu viel um die Ohren. Es ist unglaublich, wie oft sich die Eltern der Schüler bei mir melden und irgendetwas klären wollen. Sie rufen an, sie schicken Mails. Damit habe ich mittlerweile mehr zu tun, als damit den Unterricht vorzubereiten und Klassenarbeiten zu korrigieren.

Mein junger Nachbar lächelt. »Was kann ich für dich tun?« In diesem Haus duzen wir uns alle, wir haben eine tolle Gemeinschaft und jeder hilft jedem.

»Mein Vater hatte einen Herzinfarkt«, erkläre ich und denke, dass Moritz sicher noch nie jemanden getroffen hat, der ihm etwas von einem Herzinfarkt erzählt hat. Das ist einfach etwas, womit man als junger Mensch nichts zu tun hat. Aber in meinem Freundes- und Bekanntenkreis häufen sich die Herzinfarkt-Erfahrungen. Auch Moritz wird das noch erleben. Er streicht sich die lockigen Haare nach hinten und kennt all diese Probleme nicht, die erst nach und nach ins Leben treten. Klar, er hat auch Probleme. Neulich hatte er einen Wasserschaden und das ganze Wasser ist in meine Wohnung getropft, vom Lampenkabel aufs Parkett. Im letzten Sommer ist er mit dem Fahrrad gestürzt und hat sich den Ellenbogen gebrochen. Außerdem wurde sein Auto vor der Haustür abgeschleppt, weil man da nicht parken darf. Aber das Gefühl, dass alles, was man sich mühsam und mit viel Liebe aufgebaut hat, so langsam in die Brüche geht, kennt er sicher nicht. Bei ihm ist alles noch im Wachsen.

Er tritt einen Schritt zurück. »Willst du reinkommen? Soll ich dir einen Tee machen?« Er blickt mich mitfühlend an und reagiert ziemlich aufgeklärt und erwachsen. Das überrascht mich.

Ich schüttle den Kopf. »Danke, ich muss zu meinem Vater ins Krankenhaus fahren und weiß nicht genau, wann ich zurückkomme. Könntest du vielleicht morgen nach

Millie, meiner Katze, sehen und ihr etwas Futter und Wasser hinstellen?«

»Klar!« Moritz nickt, und ich bin so dankbar für unsere Hausgemeinschaft, in der wir einen Whatsapp-Chat haben und uns gegenseitig die Pakete annehmen.

»Hier ist mein Schlüssel.« Ich reiche ihm meinen Schlüsselbund und dabei berühren sich unsere Finger ganz leicht. Das hat natürlich nichts zu bedeuten. Wahrscheinlich spüre nur ich das. Er denkt vielleicht: »Toll, jetzt habe ich auch mal eine Oma angefasst.« Ich grinse in mich hinein, obwohl die Situation so dramatisch ist. »Danke.«

»Du hast Glück, dass ich hier bin«, sagt Moritz. »Eigentlich wollte ich mit meinem Vater am Wochenende einen kleinen Segeltörn machen, aber es gibt ja die Sturmwarnung. Also haben wir das verschoben.«

»Ach, du segelst?« Ich sehe ihn wie verzaubert an. Ich sollte das lassen.

»Ja, seit meiner Kindheit. Mein Vater und ich sind im Sommer immer von Flensburg hoch nach Dänemark.«

»Kommst du aus Flensburg?«, frage ich.

Er nickt.

Ich sage: »Ich auch.« Ich muss wirklich los. Trotzdem sage ich noch: »Mein Vater und ich sind auch immer hoch nach Dänemark gesegelt.«

»Das ist aber ein Zufall. Dann sollten wir mal zusammen segeln.« Moritz lacht und ich sehe seine weißen, geraden Zähne. Ich denke, der sollte Jever-Bier-Model werden oder so. Er passt so gut in die Dünenlandschaft.

»Ja, das sollten wir«, sage ich. Was man so aus Höflichkeit sagt, wenn man merkt, dass man gemeinsame Interessen hat. Ich frage ihn jetzt nicht, warum er in seiner Kindheit – wie ich – auch nur mit seinem Vater gesegelt ist. Ob er ebenfalls als Kind von seiner Mutter verlassen wurde, die zwanzig Jahre jünger war als der Vater und nicht in der Lage, sich um das eigene Kind zu kümmern? Darüber können wir ein andermal reden. Ich winke kurz und sage: »Vielen Dank, Moritz.«

»Alles Gute für deinen Vater, Billie.«

Ich schlucke. Billie? Nur mein Vater nennt mich so. Woher kennt Moritz meinen Spitznamen? Für alle anderen bin ich Sybille. Sogar für meine besten Freundinnen. »Danke.« Schnell drehe ich mich um und laufe mit meiner kleinen Reisetasche die Treppe hinunter, aus dem Haus, rüber zu den Parkplätzen, wo man nicht abgeschleppt wird. Ich öffne meinen dunkelblauen Mini mit der Fernbedienung und steige ein. Ich schnalle mich an, gebe mein Ziel ins Navi ein und schließe kurz die Augen. Ich bin auf dem Weg zu meinem alten, geliebten Papa und hoffe, dass es ihm gut geht. Die Krankenschwester macht für ihn und mich eine ganz große Ausnahme bei den Besuchszeiten. Ich darf nachts zu meinem Vater. Das ist wirklich sehr freundlich. Überhaupt muss ich sagen, dass ich in meinem Leben fast nur freundlichen Menschen begegne. Wie der Krankenschwester oder Moritz und meiner kompletten Hausgemeinschaft. Ich mache die Augen wieder auf und muss wirklich zugeben, dass sogar die Eltern meiner Schüler immer freundlich sind, wenn sie mit ihren Fragen, Sorgen, Ängsten oder Nöten zu mir kommen. Meine Kollegin Theresa behauptet, dass ich zur Schönfärberei neige. Aber das finde ich überhaupt nicht. Ich will mir mein Leben nur nicht durch innere Unzufriedenheit kaputt machen. Natürlich fühle ich mich manchmal allein, ich hätte gerne wieder einen Partner nach meiner Scheidung vor acht Jahren. Ich bin noch immer nicht ganz darüber hinweg, dass meine Mutter mich als kleines Mädchen verlassen hat. Ich habe auch Verlassensängste. Aber ich will nicht, dass sie meinen Alltag bestimmen. Ich starte den Motor, ich blinke, löse die Handbremse und fahre vom Parkplatz auf die Straße. Ich fahre auf die Hauptstraße, von dort auf die Schnellstraße und von dort auf die Autobahn. Ich fahre in die blaue Stunde hinein. Oh, ist das schön. So schön, wie damals, wenn mein Vater und ich im Auto nach unseren Segeltouren nach Hause fuhren. Als wir nebeneinander saßen und wussten, dass wir etwas ganz Besonderes erlebt hatten. Ich starte meine Playlist, von der mein zehn Jahre jüngerer Kollege Ralf sagt, dass ich sie nie jemandem vorspielen sollte, den ich von mir überzeugen will. »Sie entlarvt dich als absolute Kitsch-Romantikerin«, sagt er immer, wenn ich ihn nach dem Unterricht nach Hause bringe. Ist mir egal. Es sind die Lieder, die ich als Schülerin gehört habe. Mariah Carey, Take That und so weiter. Gut, Moritz würde ich sie vielleicht nicht vorspielen, der steht eher auf elektronische Musik. Seinem Vater könnte ich sie vorspielen. Ich grinse. Der ist vermutlich gar nicht so viel älter als ich.

Ich fahre, die Arme durchgestreckt, beide Hände am Lenkrad, kerzengerade, so wie ich es von meinem Vater gelernt habe. Mein Vater ist trotz seines hohen Alters immer noch ein sehr guter Autofahrer. In seinem ganzen Leben hatte er nur einen einzigen Unfall, als er an einer roten Ampel stand und eine Frau von hinten mit voller Geschwindigkeit in ihn reingerauscht ist. Mein Vater steckte in einer Schrott-Ziehharmonika. Aber seltsamerweise ist ihm nichts passiert. Ihm ist – bis auf den Herzinfarkt – sowieso nie etwas passiert. Dabei liebte er das Abenteuer. Und genau dieses Abenteuer-Gen habe ich von ihm geerbt. Deshalb fahre ich in meinem Mini auch mit knapp zweihundert Sachen über die Autobahn und überhole zügig, sodass ich tatsächlich schon um dreiundzwanzig Uhr fünfzehn auf dem Parkplatz des Krankenhauses meiner Heimatstadt Flensburg ankomme. Ich hole ein Parkticket. Auch das habe ich von meinem abenteuerlustigen Vater gelernt. Kein Risiko im Alltag: Parktickets sind billiger als Strafzettel. Ich gehe in die Notaufnahme. Die nette Schwester führt mich zu der Station, auf der mein Vater liegt, und übergibt mich der nächsten Schwester. Ich lächle. Es scheint alles gut zu sein. Alle sind freundlich und bemüht, auf diesen Linoleumfluren, über denen das Neonlicht weiß leuchtet. Schwester Anna hat einen dunkelbraunen Pferdeschwanz und ist mindestens fünfzehn Jahre jünger als ich. Sie öffnet die Tür zum Krankenzimmer 13. Warme, stickige Luft schlägt mir entgegen. »Nur ein paar Minuten«, flüstert sie. »Die anderen Patienten sollen nicht geweckt werden.«

»Danke«, flüstere ich. Die anderen Patienten? Mein Vater liegt also in einem Mehrbettzimmer, obwohl er Privatpatient ist.

»Wir sind voll belegt«, sagt Schwester Anna, als könnte sie meine Gedanken lesen. »Ihr Vater hat Glück, dass wir ihn aufgenommen haben.« Sie zieht bedauernd die Augenbrauen hoch, und ich trete hinter ihr in den warmen, ungelüfteten Raum, der in blauem Technik-Schimmer daliegt. Hinter halb zugezogenen Plastikvorhängen stehen Krankenbetten, in denen verkabelte Menschen liegen und versuchen, in der warmen, trockenen Luft zu schlafen und zu atmen. Ich folge Schwester Anna, sie zieht einen der schweren Vorhänge zur Seite und flüstert: »Ihr Vater hat sich zusammengerollt wie ein kleiner Junge.« Sie sagt es ganz zärtlich. Mein großer Papa liegt wirklich klein zusammengerollt unter der weißen Krankenhausdecke. Ich erinnere mich an eine weit zurückliegende Szene im Krankenhaus, nachdem ich von der Schaukel gefallen war und mir den Hinterkopf aufgeschlagen hatte. Ich saß auf dem Schoß meines Vaters, während meine Wunde genäht wurde. Ich spüre noch seine streichelnde, beruhigende Hand auf meinem Rücken, seine Stimme in meinem Ohr: »Du bist tapfer, Billie.« Ich atme tief durch. Schwester Anna zieht sich zurück.

Ich weiß gar nicht, wie es meinem Vater geht. Wurde er schon operiert? Überall Kabel, Monitore, piepende Geräte. Ich weiß nicht, ob ich mich auf die Bettkante setzen darf. Ich strecke meine Hand aus und lege sie auf seine Schulter. Sie fühlt sich so zerbrechlich an. So habe ich meinen Vater gar nicht in Erinnerung. Wir haben uns seit zwei Monaten nicht mehr gesehen, weil es vor den Ferien in der Schule immer besonders stressig ist. Ich bin ja auch noch Konrektorin. Es geht um Versetzungen, Elterngespräche, Zeugnisse. Und neue Stundenpläne. Ich setze mich einfach auf die Bettkante. Wenn ich an meinen Vater denke, sehe ich ihn immer als großen, starken Mann, der mich beschützen kann, egal, was passiert. Aber hier liegt ein schmächtiger, zusammengerollter alter Mann in einem Krankenhaushemd. »Papi«, flüstere ich. »Papi, ich bin hier. Billie.«

Mein Papa dreht erschrocken den Kopf, sodass er mich gerade noch aus den Augenwinkeln sehen kann. Ich blicke in das Gesicht eines verletzlichen Kindes. Ja, das ist mein Vater, aber so verletzlich, so zerbrechlich, so alt. »Billie?« Er zwinkert. Er legt seinen Kopf wieder ab. »Bist du den weiten Weg gefahren? Musst du morgen nicht in die Schule?«

»Es sind Sommerferien«, sage ich. »Was machst du denn für Sachen?«

Er antwortet nicht. Ich streichle seinen Rücken, so, wie er damals über meinen Rücken im Krankenhaus gestreichelt hat. Ich spüre seine Wirbelsäule hervortreten. Die Muskeln von damals sind verschwunden.

»Ich hatte Schmerzen in der Brust«, sagt mein Vater heiser. Ich habe auch Schmerzen in der Brust, denke ich.

»Du bist tapfer, Papi.« Ich atme tief ein und streichle weiter über diesen zarten Körper, der sich in der Auflösung befindet. Ich spüre es einfach. So etwas habe ich noch nie gespürt. Aber der Mensch scheint in der Lage zu sein, ge-

nau zu spüren, wenn etwas zu Ende geht. Mein Vater atmet flach und ich weiß nicht, ob er schon wieder eingeschlafen ist. Ich weiß nur, dass mir nicht viel Zeit bleibt. Ich will etwas sagen, damit mein Papa spürt, dass ich da bin, dass ich ihn liebe, dass ich so dankbar bin für alles, was er mir gegeben hat. Dass ich voller schöner Erinnerungen bin. Ich flüstere: »Gerade sehe ich uns vor mir, wie wir zusammen unser Segelschiff zu Wasser lassen. Wir waren ein tolles Team. Bis hoch nach Dänemark sind wir gesegelt.«

Meine Hand streicht über Papas Schulter. Sein müder Arm mit der Infusionsnadel liegt auf der Decke. Ich muss mich anstrengen weiterzusprechen, denn eigentlich will ich weinen. »Kaum legten wir im Hafen an, habe ich meinen Kescher und meinen Eimer geholt. Am Strand habe ich Quallen, Krebse und Seesterne gesammelt und du hast sie alle schön gefunden. Du hast mir ein Eis gekauft und dann sind wir wieder losgesegelt.«

»Ja, Billie«, sagt mein Vater leise. »Dann sind wir losgesegelt.«

»Eines Nachmittags, als wir draußen auf dem Meer waren, kam ein heftiger Sturm auf. Ich spürte deine Unruhe, sah deine Blicke in den immer dunkler werdenden Himmel. Die Möwen kreischten nicht mehr. Sie stoben durch den Wind und verschwanden. In der Ferne sahen wir das Licht eines Leuchtturms. Du hast nicht viel gesagt. Nur ›Halt dich fest‹. Du hast die Segel eingeholt, bis auf eines, und wir haben es gerade noch in den nächsten, ziemlich überfüllten Hafen geschafft.«

Mein Vater hustet. »Ich war mir nicht sicher, ob wir es schaffen.«

Ich nicke. Das hat er mir nie gesagt. Aber ich habe es trotzdem gewusst. Ich streife mir die Birkenstocks von den Füßen und lege mich einfach hinter meinen Vater aufs Bett. So, wie er sich früher immer hinter mich gelegt hat, wenn ich einen Albtraum hatte. Damit ich wusste, dass er mich beschützt. Jetzt beschütze ich ihn. Ich sage leise: »Im Hafen lag eine Unruhe in der Luft, Männer in gelben Regenjacken liefen hin und her, alle hatten Angst, dass sich die Masten der eng aneinanderliegenden Schiffe bei dem starken Wind und den hohen Wellen ineinander verkeilen könnten.«

Ich spüre, wie sich der Brustkorb meines Vaters leicht hebt und senkt. Eine Träne rinnt mir aus dem Auge über die Nase. Heiser sage ich: »Nur ein kleines Mädchen lag zufrieden in seiner Koje, träumte wahrscheinlich von Seesternen und Quallen und verschlief den Sturm.« Ich schniefe und flüstere mit erstickter Stimme. »Ich wusste, ich bin beschützt, solange du bei mir bist.«

Mein Vater atmet ein und atmet aus. Ich schmiege mich an ihn. In meinem Hals brennt es. Ich will nicht weinen, ich will nicht fragen, aber ich kann nicht anders, weil ich Angst habe. »Wen habe ich denn, wenn du nicht mehr bist?«

SCHWARZES MEER

Über das Suchen und Finden der Heimat, über fernöstliche Gelassenheit im Badezimmer und Erkältungen, die wunderbare Erkenntnisse bringen

Es gibt eine Seite an mir, die nur wenige kennen. Ich behalte sie für mich. Ich verstecke sie. Ich tue so, als gäbe es nur meine fröhliche Seite, nicht die wehmütige. Im Laufe meines Lebens habe ich einfach gemerkt, dass ich diesen Schmerz anderen nur ungern zeige. Zumindest, was meine Freunde und Bekannten betrifft. Für meinen Mann gilt das nicht. Vor ihm verstecke ich gar nichts. Als wir geheiratet haben, war er noch Medizinstudent, heute ist er Arzt und betreibt eine Kinderarztpraxis in einer bayerischen Großstadt. Er ist ziemlich beliebt, vor allem bei Eltern, die für ihre Kinder einen anderen Heilungsansatz suchen als den gängigen. Eltern, die ihren Kindern lieber Globuli als Antibiotika geben, rennen meinem Mann die Praxis ein. Eltern, die sich ein ruhiges Gespräch wünschen, statt abgefertigt zu werden. Jan und ich haben uns vor zwanzig Jahren in einer Bar kennengelernt. Damals, als es noch normal war, viel zu trinken und zu rauchen. Bis heute kann ich nicht sagen, warum ich mich ausgerechnet in den westdeutschesten Mann verliebte, den München zu bieten hatte. Er hatte diese gesunden rosigen Wangen, war frisch rasiert und trug ein kariertes Hemd. Er bringt gerade unsere Kinder ins Bett. Es ist kurz vor den Herbstferien und sie sind alle erkältet.

Ich hoffe, dass ich mich nicht auch noch erkälte. Seit Corona – ich werde diesen Begriff kein zweites Mal verwenden – haben alle Kinder in der Schule ständig mit Atemwegserkrankungen zu tun; wir Eltern also auch. Ich räume das Geschirr vom Abendessen in den Geschirrspüler. Mein Nacken schmerzt. Draußen, hinter der Terrassentür ist es dunkel geworden in unserem Garten. Jan kommt aus dem Kinderzimmer, streckt sich kurz durch, hilft mir beim Einräumen und wir schweigen. Ich weiß schon genau, was als nächstes kommt. Jan und ich kennen uns so gut und mein Mann ist feinfühlig. Ihm ist nichts egal, er will immer alles klären. Ich sage das ganz ohne Unterton, weil ich es schön finde, mit so einem Mann verheiratet zu sein, der durch seine westdeutsche Prägung psychologisch interessiert und gebildet ist. Ich habe das Gefühl, dass die gesamte westdeutsche Generation der 80er Jahre einmal durchtherapiert wurde. Er legt den Spültab in die Dosierkammer und klickt die Klappe zu. Er sieht mich von der Seite an, ich kann ihn nicht ansehen. Das ist unser eingefahrenes Verhaltensmuster. Endlich fragt er: »Was ist los, Anke?«

Ich sage: »Was soll los sein?«

»Du strahlst so eine untergründige Aggressivität aus.«

Er hat recht. Ich brauche es gar nicht zu leugnen. Mein Mann will mich nicht pathologisieren. Es ist so: Ich bin wütend. Einfach nur wütend. Mein ganzes Leben, seit die Mauer gefallen ist, bin ich wütend. Als Jan und ich uns im

Studium kennengelernt haben, war ich kurz davor, München niederzubrennen, einfach nur, weil es so unglaublich westdeutsch und verpimpelt war. Jan hat das nie verstanden. Er hat gesagt: »Die Menschen sind alle freundlich, die Lebensqualität ist wunderbar, es gibt tolle Clubs, Biergärten, die Berge, die Seen, Fleischpflanzerl, Butterbrezen.« Das hat er damals immer gesagt, weil er wusste, dass ich gerade die Fleischpflanzerl und die Butterbrezen so liebte. Ich konnte also nur seufzen und ließ es mit dem Niederbrennen bewenden, denn tief in meinem Inneren war ich längst eine Münchnerin mit dem Herzen eines ostdeutschen, entwurzelten, heimatlosen Mädchens.

Ich zucke mit den Schultern, knipse das Licht über der Spüle aus und gehe durch den Flur ins Bad, um mir die Zähne zu putzen. Jan folgt mir in seinem westdeutschen Hemd, seinem westdeutschen Lambswool-Pulli, seiner westdeutschen Cordhose. Er sieht so gut und gesund aus. Und genau das mag ich an ihm. Er setzt sich auf den Badewannenrand, während ich mir die Zähne putze. Als ich fertig bin, setze ich mich neben ihn und lehne meinen Kopf an seine Schulter. Er riecht gut nach westdeutschem Aftershave. Wie ein echter Bildungsbürger, wenn es denn so einen speziellen Geruch dafür gibt. Jedenfalls stelle ich mir das so vor. Er legt seinen Arm um mich. Und endlich fange ich an zu reden: »Es ist der Urlaub. Ich will dieses Jahr nicht nach Italien.«

Das ist für Jan nichts Neues. Ich will grundsätzlich nicht nach Italien. Obwohl wir da jeden Herbst hinfahren. Also versucht er gar nicht erst, mich an die Vorzüge der Toskana zu erinnern. Die kenne ich. Es gibt viele Sehenswürdigkeiten, Weinberge, leckeres Essen, Wanderwege. Das hat auf mich alles keine gute Wirkung. Jan war schon als kleiner Junge mit seinen Eltern dort. Ich sage: »Ich will endlich mal mit dem Auto nach Bulgarien. Da bin ich früher mit meinen Eltern in unserem Wartburg hingefahren.«

Auch diese Geschichte kennt Jan schon. Er hört sie sich immer wieder aufmerksam und geduldig an. Trotzdem kommt die Fahrt nach Bulgarien für ihn nicht infrage. Es tut ihm leid, aber eine solche Reise erscheint ihm wie eine Reise zum Mond. Riskant und unkalkulierbar. Schon gar nicht mit drei Kindern im Alter von zehn und zwölf Jahren.

Ich flüstere: »Ich will den Kindern zeigen, wo ich herkomme.«

»Du kommst aber nicht aus Bulgarien«, sagt Jan und er hat recht. Ich komme aus Leipzig.

»Ja, aber unsere Kinder wissen überhaupt nichts über das Land, in dem ich gelebt habe. Sie sind so westdeutsch. Ich möchte ihnen meinen Ostblock zeigen. Zumindest das, was davon übrig geblieben ist.«

»Du meinst Russland?« Jetzt sieht Jan mich doch verstört von der Seite an.

»Nein, nicht Russland. Ich will nur noch einmal an den Sonnenstrand am Schwarzen Meer, um Peppa, Josh und Mats dort von meiner Kindheit zu erzählen. Damit sie nachempfinden können, wonach ich mich im Innersten sehne. Es ist, als hätte ich keine Heimat.«

Jan weiß, dass es keinen Sinn hat, mir dieses Gefühl auszureden. In den ersten zehn Jahren unserer Beziehung hat er es noch verzweifelt versucht. Jetzt akzeptiert er, dass ich immer noch so fühle. Er nickt. »Also gut. Wir lassen Italien und fahren mit dem Auto nach Bulgarien. Wie weit ist das?«

»Keine Ahnung«, sage ich und kann mir ein glückliches Lächeln nicht verkneifen. Ich hole mein Handy aus dem Wohnzimmer. Wir sitzen auf dem Wannenrand mit Blick auf unsere beiden indischen Buddha-Statuen, die auf der Anrichte stehen und uns immer an unseren Gleichmut erinnern sollen. Unsere kleine Tochter Peppa benutzt die geschnitzten Hände inzwischen als Haargummihalter. Auch das meine ich nicht sarkastisch. Ich sitze öfter hier auf dem Wannenrand, wenn es mir zu viel wird, und sehe die schönen, bunt bemalten Figuren an. Sie schenken mir tatsächlich Ruhe. Von diesen fernöstlichen Einflüssen würde ich niemals profitieren, wenn es die Mauer noch gäbe. Ich recherchiere auf Google Maps die Route von München bis nach Bulgarien. »Eintausendsechshundert Kilometer«, sage ich. »Nicht länger als achtzehn Stunden.«

Jan kann nicht anders, als darauf hinzuweisen: »Nach Pisa wären es sieben Stunden. Und in einer Woche muss ich wieder in der Praxis stehen.«

Ich nicke. Normalerweise knicke ich an dieser Stelle ein und akzeptiere, dass es Wahnsinn wäre, mit unseren drei Kindern nach Bulgarien zu reisen. Aber heute Abend bleibe ich standhaft. »Ich hasse die Toskana.«

»Gut, bevor du sie abfackelst.« Jan bläst die Luft aus. Dann streckt er sich und sagt mit fester Stimme. »Wir machen es. Bulgarien ist bestimmt großartig. Budapest wäre mir zwar noch lieber, das Paris des Ostens, aber Bulgarien ist auch fantastisch.«

Ich sehe meinen Mann voller Dankbarkeit an und sage: »Ich liebe dich so sehr.«

»Ich liebe dich auch.«

Ich kann nicht glauben, dass mein Wunsch, mein größter Traum seit dem Fall der Mauer, tatsächlich in Erfüllung geht. Ich bin so überwältigt, dass ich fast sagen möchte: »Jetzt brauchen wir nicht mehr zu fahren. Die Toskana ist auch herrlich.« Es ist gar nicht so leicht, seinen Traum aufzugeben, um ihn in der Realität zu verwirklichen, merke ich gerade. Meine Identität ist ziemlich eng mit der Unerfülltheit meines Traums verwoben. Wer werde ich sein, wenn ich mit meinen Kindern und meinem Mann am Schwarzen Meer stehe? Werde ich glücklich sein? Werde ich enttäuscht sein? Werde ich erkennen, dass ich Jahrzehnte meines Lebens an einem Traum festgehalten habe, der mich daran hinderte, die Schönheit meines Alltages zu sehen? Ich will Jan gerade nach seiner Meinung fragen, als die angelehnte Badezimmertür von unserem zwölfjährigen Sohn Mats aufgeschoben wird. Sein Gesicht ist ziemlich rot. Seine Zähne klappern aufeinander. »Mir ist kalt.«

Sofort steht Jan auf. »Ich hole das Fieberthermometer.«

Ich erhebe mich ebenfalls vom Wannenrand und bringe Mats zurück in sein Zimmer.

»Warum sitzt ihr denn im Badezimmer?«, fragt er, als er sich wieder in sein Bett mit der weißen Bettwäsche legt und ich das Federbett um ihn herum stopfe.

»Ach, wir haben nur über die Herbstferien geredet.«

»Ich freue mich schon auf den schiefen Turm von Pisa«, sagt Mats und seine Zähne klappern immer heftiger aufeinander.

Ich sage jetzt nichts zu seiner Vorfreude. Ich streiche ihm über sein blondes Haar. »Wir messen Fieber und dann kriegst du Wadenwickel. Du musst gesund sein, wenn wir in einer Woche in den Urlaub fahren wollen.«

Gut, dass Jan Kinderarzt ist. Er weiß genau, was zu tun ist. Wir machen Wadenwickel, Mats bekommt Erkältungstropfen, ich singe ihm etwas vor. Und gerade, als das Fieber sinkt, kommt sein Zwillingsbruder Josh mit den gleichen Grippesymptomen ins Zimmer. Ich zwinge mich, mir keine Sorgen um unsere Bulgarienreise zu machen. In einer Woche werden die Kinder wieder fit sein.

Es stimmt. Eine knappe Woche später sind die Kinder wieder einigermaßen fit. Nur ich sitze am Abendbrottisch und mir ist ganz komisch. Zwei Tage vor unserer Reise nach Bulgarien. Jan ist noch beim Elternabend in der Schule. Es geht um die bevorstehende Klassenfahrt und um die unerlaubte Handynutzung auf den Schultoiletten. Peppa sitzt neben mir und greift nach meiner Hand: »Geht es dir nicht gut, Mami?«

Ich versuche zu lächeln. »Ich habe nur ein bisschen Kopfschmerzen. Ich glaube, ich lege mich mal hin.«

Dass ich vom Tisch aufstehe und mich hinlege, ist bisher nie vorgekommen. Ich kann mich ziemlich gut zusammenreißen. Aber dafür fehlt mir gerade die Kraft. Mir ist kalt, meine Zähne klappern. Ich gehe durch den Flur und lasse meine verwunderten Kinder am Tisch sitzen. Ich gehe in unser Schlafzimmer, in dem nur die kleine Nachttischlampe brennt. Ich schlüpfe aus meinen Hausschuhen und lege mich angezogen ins Bett. Auch das ist ganz und gar untypisch für mich. Ich kuschle mich in die weißen Decken und gerade, als ich die Augen schließen will, stehen Peppa, Mats und Josh im Zimmer. Sie sehen besorgt aus. »Wirst du krank?«, fragt Josh. »Du darfst nicht krank werden. Du willst doch nach Bulgarien, an den Sonnenstrand!«

Peppa ist von Natur aus fürsorglich. Sie stopft die Decken um mich und nimmt wieder meine Hand. Josh und Mats krabbeln über mich drüber und streichen mir über den Rücken. Ich habe ihnen in den letzten Tagen erklärt, warum wir nach Bulgarien fahren und nicht in die Toskana. Und für die Kinder war das völlig in Ordnung. Wir haben aber auch verschwiegen, dass Bulgarien im Osten liegt. Bei »Osten« denken sie an Nachkriegsstimmung. Schlechtes Essen. Trostlose Orte und mangelnden Service. »Du wirst bestimmt schnell wieder gesund«, sagt Mats.

»Wisst ihr«, sage ich, »gerade erinnere ich mich an etwas.« Ich schließe die Augen und sehe alles wieder deutlich vor mir. Den heimatlichsten Ort, den ich je gekannt habe. Er lag nicht am Schwarzen Meer, sondern im Sperrgebiet der ehemaligen DDR. Ich sage: »Früher, als ich so alt war wie Peppa, haben meine Eltern und ich hin und wieder meine Oma besucht.«

»Du meinst Uroma Erna?«, fragt Josh.

»Ja, genau, Uroma Erna«, sage ich und habe etwas Schüttelfrost. »Wenn wir sie besuchen wollten, mussten wir Wochen vorher einen Passierschein beantragen und unseren Aufenthalt im Sperrgebiet bei der örtlichen Polizei anmelden.«

»Wieso das denn?«, fragt Mats. »Saß Oma Erna im Gefängnis?«

Ich lächle. Obwohl ich Kopfschmerzen habe und morgen bestimmt flach liegen werde, ist es gerade richtig schön. Meine Kinder sind bei mir, ich dämmere im weichen Bett vor mich hin und erzähle ihnen von meiner Heimat, die für sie wie ein Gefängnis klingt. Aber für mich hatte die Sperrzone nichts mit Gefängnis zu tun, sondern mit Geborgenheit. So, wie ich mich gerade unter meiner Bettdecke, mit meinen Kindern geborgen fühle. Mein Sehnsuchtsort ist vielleicht gar nicht das Schwarze Meer, sondern das weiche, weiße Federbett meiner Oma Erna. Wenn wir bei ihr zu Besuch waren, hat sie für meine Eltern und mich das leckerste Essen der Welt gekocht. In einer Küche ohne fließendes Wasser und Heizung, aber gerade das war so gemütlich. Ich sage: »Oma Erna wohnte in einer ganz besonderen Gegend, in die nicht jeder hineingelassen wurde.«

Peppa schaltet leise das Nachtlicht aus. Mats und Josh fragen: »Vermisst du die Sperrzone?«

Ich sage: »Ja, manchmal. In meiner Kindheit war ich

oft dort. Unsere ganze Familie versammelte sich in diesem Haus. Oma Erna kochte Kartoffelklöße mit Sauerbraten und Rotkohl und zum Nachtisch gab es Schokopudding. Nach dem Essen durfte ich in ihrem Federbett schlafen. Und genau daran musste ich gerade denken.«

»Weil sich euer Bett genauso anfühlt wie das von Oma Erna?«, fragt Peppa.

»Ja«, sage ich, »genau so. Ich glaube, ich habe nie mehr so tief geschlafen, seit es dieses Bett und die weiße Bettwäsche nicht mehr gibt.«

»Aber jetzt hast du ja dein eigenes Oma-Erna-Bett«, sagt Mats und streicht mir übers Haar. »Also bist du zu Hause bei deiner Familie.«

»Vielleicht schläfst du heute Nacht auch so tief und bist morgen wieder gesund«, sagt Josh.

»Wir decken den Tisch ab und räumen das Geschirr in den Spüler und dann fahren wir übermorgen an den Sonnenstrand am Schwarzen Meer.«

Ich will noch etwas sagen, da hören wir im Flur die Wohnungstür aufgehen. Jan ruft: »Hallo? Seid ihr da?«

»Papa, wir sind hier«, rufen die Kinder. »In eurer Sperrzone!«

DIE DIDDL-MAUS

Über die Schönheit des Augenblicks, das Finden von Vollkommenheit im Alltag und das Kündigen von falschen Arbeitsstellen

Mein bester Freund heißt genau wie ich: Christian. Wir haben uns während des Studiums kennengelernt. Abends nach der Arbeit gehen wir immer irgendwo hin. Zu ihm, zu mir, in eine Bar, ins Kino oder zu einer Kulturveranstaltung. Was man eben so macht, wenn man ungebunden ist und keine Kinder hat. Man genießt die Großstadt. Heute Abend sitzen wir in irgendeiner Lesung. Christian wollte da hin. Er möchte selbst einen Roman schreiben und meint, wenn er nur oft genug zu Lesungen geht, wird er irgendwann selbst Autor. Ich halte das für keinen besonders guten Plan. Die Lesungen, zu denen er mich schleppt, sind meist unterirdisch. Seltsame Räume, seltsame Menschen, seltsame Autoren, seltsame Bücher, schlechter Wein.

Nun sitzen wir wieder an runden Bistrotischen in einem ehemaligen Umspannwerk mit Leuten, die alle schon im Rentenalter sind, und warten darauf, dass die Lesung beginnt. Währenddessen frage ich mich, ob ich der Einzige bin, der merkt, dass der Wein furchtbar schmeckt. Vielleicht bin ich auch nur sehr schnell frustriert. Das hat mir meine Ex-Freundin auch schon gesagt und vermutlich hat sie sich deshalb letztes Weihnachten von mir getrennt. Es war okay. Veronika und ich waren nicht das Gelbe vom Ei. Ich mochte sie, aber sie hat mich nicht inspiriert. Nicht dass mich jede Frau inspirieren muss, aber meine Freundin sollte mich doch inspirieren, oder nicht? Sie sollte etwas Pep in mein Leben bringen. Plötzlich kichere ich und mein Freund Christian stellt sein Weinglas ab. »Was ist denn so witzig?«

»Ach nichts«, sage ich. Wie soll ich ihm erklären, dass mich das Wörtchen »Pep« derart belustigt. Ich muss sogar noch lachen, als die Veranstalterin, die diese Lesung organisiert hat, nach vorne auf die kleine Bühne kommt und uns alle herzlich willkommen heißt. Sie sagt, dass sie sich freut, dass so viele Leute gekommen sind, obwohl gerade ein wichtiges Fußballspiel im Fernsehen läuft. Da muss ich noch mehr kichern. Ich weiß selbst nicht, warum ich gerade alles lustig finde. Christian stößt mich mit seinem Ellenbogen an. »Reiß dich zusammen!«

Ich versuche es! Auf der Bühne brennt jetzt nur noch die kleine Lampe auf dem Lesungstisch. Um uns herum wird es still, die Leute nippen verhalten an ihren Gläsern. Die Autorin betritt die Bühne. Sie sieht aus, als könnte sie Pep in mein Leben bringen. Wieder muss ich lachen. Aber ganz leise, sodass nur meine Schultern zucken. Niemand kann es sehen, weil wir Zuschauer im Dunkeln sitzen. Aber Christian spürt mein nervöses Zucken. Er zischt: »Chris!«

»Entschuldige.« Ich räuspere mich. Meine Stimme klingt so komisch hohl, dass ich noch mehr kichern muss.

Tränen laufen mir über die Wangen, so habe ich schon lange nicht mehr gekichert. Wahrscheinlich, weil es gerade total unangebracht ist. Aber es ist auch ein schönes Gefühl. Die Autorin mit dem bunten langen Kleid und den roten Haaren, die sie zu einem Pferdeschwanz gebunden hat, lächelt sanft in den dunklen Saal. Sie scheint das regelmäßig zu machen. Sie wirkt professionell und aufgeräumt. Sie legt ihr Buch auf den Tisch und lässt sich in den Sessel dahinter sinken. Doch der Sessel ist so niedrig, dass von der Schriftstellerin nicht mehr viel zu sehen ist, außer ihrer Stirn und ein bisschen Haaransatz. Jetzt muss ich leider noch mehr kichern. Außer mir scheint es niemand lustig zu finden, dass das Größenverhältnis zwischen niedrigem Sessel und hohem Tisch vollkommen absurd ist. Gerade finde ich das Leben urkomisch und ich frage mich, warum ich nicht viel öfter lache. Ich fühle mich so richtig lebendig. Und fröhlich sein ist gesund. Christian stößt mich wieder an, sein Weinglas kippelt. Und auch das finde ich komisch.

Die Autorin setzt sich ihre Brille auf, blinzelt in den dunklen Zuschauerraum und rückt an die Kante ihres Sessels. Jetzt kann man sie etwas besser sehen. Aber noch immer stimmt das Größenverhältnis zwischen ihr und dem Tisch absolut nicht. Ich atme tief durch, denn nun sagt sie mit dieser wunderbaren Stimme: »Guten Abend, ich freue mich, hier zu sein.«

Das hat Klasse und ich verliebe mich Hals über Kopf, denn diese Frau ist offensichtlich nicht leicht zu frustrieren. Ich könnte von ihr lernen. Sie richtet sich kerzengera-

de auf, ich trinke einen Schluck Wein und mit einem Mal schmeckt er so viel besser als vorhin. Ich seufze glücklich. Die Autorin, deren Namen ich nicht einmal kenne, weil er mich bis eben überhaupt nicht interessiert hat, rückt näher ans Mikrofon. Sie ist weiterhin kaum zu sehen hinter dem Tisch, und weil ihr das wohl selbst nicht so behagt, aber die zuständige Dame vom Umspannwerk nicht kommt, um ihr zu helfen, tue ich etwas, das für mich vollkommen untypisch ist. Wie das Kichern. Entschlossen stehe ich auf, nehme meine Sporttasche, die ich meistens bei mir habe, und bringe sie nach vorne. Ich stelle mich an den niedrigen Bühnenrand und frage leise: »Wollen Sie sich vielleicht draufsetzen?«

Für einen Moment sieht die wirklich nette Autorin überrascht in meine Richtung. Sie lächelt, steht von ihrem Sessel auf, nimmt meine Sporttasche und sagt: »Danke!« Bei der Übergabe treffen sich unsere Blicke subtil. Sehr subtil. Fast möchte ich diesen Blickwechsel als poetisch beschreiben. Mit zitternden Knien, nachdem ich kurz alle Aufmerksamkeit auf mich gezogen habe, schlängle ich mich zurück durch den dunklen Raum zu Christian und unserem Tisch. Weil ich nur Umrisse erkennen kann und extrem aufgeregt bin, setze ich mich versehentlich an den Nachbartisch. Ich merke es aber sofort, als ich Christian etwas zuraunen will und er es nicht ist. Also stehe ich wieder auf und setze mich einen Tisch weiter zu meinem Freund, der mir mit der Faust gegen die Schulter knufft. »Was machst du für komische Sachen?«

»Ich rette die Lesung«, sage ich, und tatsächlich sitzt die Autorin nun wesentlich sichtbarer am Tisch. Sie sagt mit ihrer unglaublichen Stimme ins Mikrofon: »Danke für die Sporttasche. Jetzt ist es perfekt für mich.«

»Und auch für mich«, flüstere ich.

Ich spüre, wie Christian neben mir die Augen verdreht. Er kennt das eben nicht, wenn man wirklich einen ganz besonderen Abend erlebt, an dem alle bisherigen Gesetze außer Kraft gesetzt sind und man etwas tut, was vollkommen untypisch für einen selbst ist, weil sich die Welt unerwartet von ihrer schönsten Seite zeigt. Das Gleiche scheint auch diese Frau dort oben zu empfinden. Sie schlägt ihr Buch auf, das, soweit ich das von meinem Platz aus beurteilen kann, von den vielen Lesungen ziemlich zerfleddert ist. Sie beugt sich zum Mikrofon und liest ganz ruhig, mit dieser vollen Stimme vor: »Wenn sich der Nebel lichtet, sagt man zum Wald, zu den sanft geschwungenen Hügeln, zum regnerischen Himmel, zur Welt: Jetzt bin ich bereit.«

»Oh ja!«, rufe ich. Fast wäre ich noch von meinem Platz aufgesprungen. Es sind nicht nur wahre, tiefe Worte, die diese Frau vorträgt. Alles an ihr ist eine Offenbarung. Eine Verheißung, eine tiefgründige Wahrheit, die nur ich in diesem Augenblick so intensiv empfinden kann. Mein Herz klopft, als Christian mir beruhigend die Hand aufs Knie legt. »Du bist verrückter als Tom Cruise, als er bei Oprah Winfrey auf der Couch herumgehüpft ist!«, wispert mein bester Freund. Er will mich damit wohl auf meinen plötzlichen Wahnsinn aufmerksam machen. Aber es ist kein

Wahnsinn. Es ist Freude. Es ist Glück. Die Worte der Autorin stellen eine Verbindung zu mir als Kind her. Ich erlebe die Begegnung mit mir selbst im schönsten Moment meines Lebens, der so weit in der Vergangenheit liegt, dass ich schon lange nicht mehr daran gedacht habe. Wobei »denken« nicht das richtige Wort ist. Es ist eher ein »Fühlen«. Plötzlich habe ich wieder Kontakt zu dem fröhlichen Jungen, der ich einmal war. Zu diesem Achtjährigen, der völlig berauscht war von seinem Dasein, für den »Frustration« ein Fremdwort war. In meiner Kindheit – so scheint es mir heute im Rückblick – war alles schön. Natürlich war nicht alles gleich schön. Natürlich gab es auch weniger schöne Momente, aber ich war immer ganz und gar ich: Christian. So, wie ich sein sollte. Und dieses Gefühl, oder vielleicht noch besser: diesen Zustand der Erfüllung, habe ich schon lange nicht mehr erlebt. Nicht mit meiner Ex-Freundin Veronika, nicht bei den abendlichen Kulturveranstaltungen mit Christian, nicht beim Sport, wo ich auf dem Laufband immer wieder versuche, an diesen vergangenen Zustand der Erfüllung heranzukommen. Ich versuche es mit meinen wirklich guten Spaghetti Carbonara, mit Binge-Listening von verquasselten Podcasts oder mit Literatur. Abends schlafe ich in meinem Bett ein und hoffe, dass ich in meinen Träumen wieder zur Erfüllung finde. Ich fliege mit Christian nach Marokko, ich besuche meine Eltern in meiner Heimatstadt im Harz, aber bisher habe ich nirgendwo diese Erfüllung jener Kindheitstage finden können.

Die Autorin da vorne bewegt ihre Lippen, sie liest vor, aber ich höre nicht mehr, was sie liest, stattdessen höre ich wie aus weiter Ferne Celine Dion mit den Bee Gees im Duett singen. *You are my only*. Ganz sacht, wie ein Hauch. *And I must follow on the road, that lies ahead*. Und mit einem Mal sitze ich nicht mehr im Umspannwerk, sondern wieder auf der Rückbank unseres alten, grünen Mercedes. Im Arm halte ich meine kuschelige *Diddl*-Maus mit den großen Augen und den noch viel größeren Füßen. Die Maus sieht so lustig aus! Rechts und links von mir sitzen meine beiden großen Schwestern. Sie tragen ihre geringelten Sommerröcke. Ich sehe ihre gebräunten Knie. Ich spüre ihre Arme in ihren Kapuzenpullovern, weil das Wetter nicht so gut ist, wie wir erwartet hatten. Obwohl es unsere Sommerferien sind, nieselt es draußen in der schwedischen Landschaft, die so wunderschön an uns vorbeizieht. Meine Mutter sitzt vorne mit der Landkarte auf dem Beifahrersitz, neben ihr mein Vater am Steuer. Ich gucke zwischen ihnen durch die Windschutzscheibe, während wir einen Hügel nach dem anderen nehmen. Kurz vor der Kuppe gibt mein Vater Vollgas, sodass wir alle über den Hügel hüpfen, es ist fast wie Fliegen. Mein Magen hebt und senkt sich in meinem Körper. Ich bin ja erst acht Jahre alt. Aber trotzdem spüre ich, dass dies die Ferien meines Lebens sind. Dass es niemals besser werden kann. Alles ist stimmig. Wir sind zusammen. Meine Familie. Wie schön das in meinen Ohren klingt: meine Familie. Aber es wird noch schöner, als mein Vater sich zu meiner Mutter hinüberbeugt, das Handschuhfach

öffnet und in den Kassetten wühlt, bis er die findet, die er gesucht hat. Mit einer Hand öffnet er die Hülle, nimmt das Tonband heraus und schiebt es in den Rekorder. Hinter den Fenstern fliegen die schwedischen Wälder vorbei. Nadelbaum um Nadelbaum, mühelos und selbstverständlich. So stolz, als würden sie uns mit ihren weit ausladenden Ästen begrüßen, in unserem Mercedes. Mich, meine Schwestern, meine Eltern. Unsere Familie. Mein Vater drückt auf »Start« und ich höre ganz sacht Celine Dion mit den Bee Gees im Duett singen. *You are my only*. Ganz sacht, wie ein Hauch. *And I must follow on the road, that lies ahead.*

Oh ja, damals verstand ich nicht, was Celine da sang, aber ich fühlte es. Es ging darum, dass jeder seinen eigenen Lebensweg gehen muss und dass man sich selbst nur finden kann, wenn man in die Unsterblichkeit reist, um ewig glücklich und erfüllt zu sein.

Ich sitze hinten in unserem alten Mercedes. Im Arm halte ich meine *Diddl*-Maus mit den großen Augen und den noch größeren Füßen. Rechts und links von mir sitzen meine beiden großen Schwestern. Meine Mutter greift zärtlich nach der Hand meines Vaters. Die beiden lieben sich. Das ist ihr Zeichen, dass sie sich gefunden haben. Ich greife nach den Händen meiner überraschten Schwestern. Das ist das Zeichen, dass wir einander haben. *We don't say goodbye*, sang Celine Dion. Und wirklich, in diesem Moment dachte ich, meine Sommerreise durch Schweden würde niemals enden. Im übertragenen Sinne natürlich.

Ich greife nach Christians Hand, die er sofort empört

zurückzieht. Er zischt: »Um Himmels willen, was ist denn mit dir los?«

Wieder muss ich grinsen. Vielleicht erlebe ich gerade so etwas wie eine Erleuchtung. Alles um mich herum fühlt sich so leicht und unbeschwert an. Ich höre nur noch Musik in meinen Ohren. Ich beuge mich zu meinem Freund hinüber und sage: »Danke, dass du mich zu dieser Lesung mitgenommen hast.«

Ich glaube, der kleine Junge in mir hat die ganzen zweiundzwanzig Jahre nur auf diesen befreienden Moment gewartet, in dem er die Chance bekommt, wieder voll dabei zu sein. In mir ist immer noch der Junge im gestreiften T-Shirt, der zwischen seinen Schwestern im alten Auto seiner Eltern durch die verregnete schwedische Landschaft fährt und sich auf all die großartigen Dinge freut, die in seinem großartigen Leben passieren werden. Ein Leben mit Celine Dion und den Bee Gees als Soundtrack.

»Wow!«, sage ich. »WOW!« Ich stehe auf und klatsche laut, als die Autorin zu Ende gelesen hat. Ich gebe Standing Ovations, obwohl ich der Einzige bin, der steht, und Christian versucht, mich wieder auf meinen Stuhl zu ziehen. Wie soll ich ihm erklären, was in mir vorgeht? Ich glaube, ich habe den Sinn meines Lebens gefunden. Ich weiß jetzt, warum ich in letzter Zeit so oft frustriert war: Weil ich nicht lebe, weil ich nicht das tue, was ich tun sollte. Klar, zum Sport gehen ist gut, mich mit Freunden treffen ist auch gut. Aber meine Arbeit macht mir keinen Spaß. Und das weiß ich schon sehr lange. Bisher habe ich nicht die Kraft und den Mut gehabt, mich weiterzuentwickeln. Doch jetzt ist es an der Zeit, dass ich mich auf das besinne, was meine Berufung ist. In der Kindheit, als wir durch Schweden gefahren und schließlich an einem wunderschönen See angekommen sind, habe ich sie erkannt: Meine Berufung. Der See lag so still vor mir. In der Mitte ein rotes Ruderboot, am gegenüberliegenden Ufer Nadelbäume. Die sanfte Wasseroberfläche spiegelte die majestätische Unergründlichkeit des Lebens wider. Über dem großen See hingen die Wolken eines verregneten Nachmittags, hinter denen die Sonne in mildem Orange hervorkam, und die Mücken tanzten in der feuchtwarmen Luft. Ich werde Schriftsteller, das war meine Erkenntnis. Es gab keinen Zweifel, als meine Mutter sich neben mich stellte und ihren Arm um mich legte. All ihre Liebe für mich, meine Geschwister und unseren Vater umflorte mich. Ich kann es nicht anders sagen. Ihre Liebe umflorte mich, uns, ganz Schweden! Genau dieses Glück wollte ich festhalten. Mit Worten, in meinen Büchern. In Christian Bergmanns Büchern.

Ich setze mich wieder hin und höre auf zu klatschen. Inzwischen klatscht niemand mehr. Die Autorin hat ihr Buch zugeklappt und erzählt noch etwas über die Entstehung ihres Romans. Sie erklärt, dass sie schon als Kind das Menschsein durchdringen wollte, dass sie sich einen Raum erschreiben wollte, in dem sie sich selbst begegnen kann, um ihr eigenes Leben besser zu verstehen. Ich denke, die Autorin und ich sind seelenverwandt. Ich spüre, was sie meint, egal, wie abstrakt ihre Ausführungen sind. Mein Herz ist weit offen, wie damals, als ich an diesem See in Schweden stand. Er hieß »Bolmen«. Und genau so wird mein erstes Buch heißen: »Bolmen«. Ich beuge mich zu Christian hinüber, der inzwischen sein Handy eingeschaltet hat und kurz checkt, ob er neue Follower auf Instagram gewonnen hat. Er produziert ständig irgendwelche Koch-Reels, um Follower zu generieren. Er mag seinen Job nämlich auch nicht. »Instagram baut mich auf«, sagt er. Die Koch-Reels sind sein Steckenpferd. Ein Buch wird er nie schreiben. Er ist ein begeisterter Hobbykoch. Soll er es doch einsehen. Hauptsache, man hat etwas, was einen ausfüllt, oder nicht? Trotzdem finde ich es unhöflich, aufs Handy zu schauen, während die Autorin da vorne ihr Innerstes nach außen kehrt. Gerade sagt sie: »Mit acht wollte ich schon Schriftstellerin werden.«

Und ich sage zu Christian: »Morgen kündige ich.«

Er sieht mich erschrocken an. »Soll das ein Scherz sein? Wovon willst du leben? Was willst du arbeiten?«

Er klingt wie meine Mutter, als ich ihr mit vierzehn Jahren erklärte, ich wolle Schriftsteller werden. Danach habe ich den Wunsch begraben.

Die Autorin lächelt und sagt: »Meine Eltern waren schockiert und haben mich gefragt, wovon ich denn leben will? Aber für mich gab es keinen größeren Wunsch. Und nun sitze ich hier mit meinem Buch und lebe.«

Ich seufze, es ist nicht die Schuld meiner Mutter, dass ich noch kein Buch geschrieben habe. Es liegt in meiner Verantwortung, meinen Träumen zu folgen.

DER GELBE REGENMANTEL

Über ausgebüxte Hamster, piepsende Waschmaschinen, salzige Wellen und salzige Tränen – und über die Geborgenheit, die sich einstellt, wenn man den Zauber von Regenwetter erkennt

Mein Name ist Kati, ich bin sechs Jahre alt und fahre mit meiner Familie im Sommer immer an die Nordsee. Jahr für Jahr sucht meine Mama in der Zeitung die besten Ferienhaus-Annoncen raus. Das ist ganz schön anstrengend, manchmal sitzt sie bis Mitternacht am Wohnzimmertisch, damit wir einen schönen Urlaub haben. Sie schreibt freundliche Briefe an die Vermieter, die ihr Fotos von ihren Ferienhäusern und der Einrichtung schicken. Abends sitzen wir dann alle zusammen beim Abendbrot und beugen uns über die Fotos zwischen Butterdose, Käseteller und Brotkorb. Mama, Papa, meine beiden Schwestern und ich. Wir entscheiden gemeinsam, in welchem Haus wir den Sommer verbringen wollen. »Das da!« Wir fünf tippen auf ein grün gestrichenes Holzhaus mit schöner Terrasse, mitten in den dänischen Dünen. Am nächsten Tag schreibt Mama Dankesschreiben an alle Vermieter, schickt die Fotos zurück und mietet das schönste Haus für uns an. Und in dem Augenblick beginnt meine Vorfreude auf die großen Ferien.

Nach neun Stunden Autofahrt kommen wir endlich im schönsten Ferienhaus Dänemarks an. Bevor wir uns auf den

Weg machen konnten, mussten wir zu Hause allerdings noch unseren Hamster wiederfinden, der uns dummerweise entwischt war und sich hinterm Vorhang versteckt hatte. Jetzt kümmern sich unsere Nachbarn um ihn. Wir Kinder rennen ins Holzhaus und suchen unser Zimmer. Es ist komisch, diese dänischen Ferienhäuser riechen immer gleich. Ein bisschen muffig, ein bisschen nach frischer Bettwäsche und nach alten Äpfeln. Und genau dieser Geruch sagt mir: Jetzt ist sie da, die schönste Zeit des Jahres. Mein Papa schleppt unsere Taschen und Koffer ins Haus, meine Mama packt in der Küche die Kartons mit den mitgebrachten Lebensmitteln aus und bereitet das Abendessen vor. Und wir Mädchen losen aus, wer im Einzelbett und wer im Stockbett oben oder unten schläft. Sobald das erledigt ist, rennen wir raus in die silbriggrünen Dünen, die das Haus umgeben, setzen uns auf die Holzterrasse und flechten aus Dünengras kleine Deckchen. Abends gibt es Gemüsesuppe mit Würstchen, die Mama schnell gekocht hat.

Als ich am nächsten Morgen aufwache, ist meine große Schwester Mimi schon wach und liest in ihrem dicken Abenteuerbuch. Meine kleine Schwester Tessi klettert gerade die Leiter vom Stockbett herunter, um unsere Eltern zu wecken. Ich liege ganz ruhig, mit dem Kopf auf dem Kissen und sehe, wie die Sonne durch die hellblauen, gewebten Vorhänge sickert. Ich höre von fern das Meer rauschen, die Möwen über unserem Haus kreischen und freue mich auf den Tag. Nach dem Frühstück jagen wir durch die Dünen zum Strand. Verheißungsvoll breitet sich die weite, helle Fläche vor uns aus. Es ist sonnig, aber nicht besonders warm. Es geht auch ein ziemlicher Wind. Aber das macht meiner Familie und mir nichts aus. Wir sind es gewohnt, dass es in den Sommerferien etwas kühl ist. Mein Vater trägt die zwei großen Handtücher und den roten Spaten. Meine Mutter schleppt die Tasche mit den Badesachen, Gummistiefeln und dem Proviant. Wir Kinder rennen die Düne hinunter und direkt zum Meer. Noch sind kaum andere Urlauber da. Aber die werden gleich kommen. Im Laufen ziehen wir uns unsere Kapuzenjacken aus, lassen sie einfach fallen und springen in kurzen Hosen in die Gischt.

»Da ist eine Qualle!«, ruft Tessi begeistert und meine große Schwester Mimi ist schon auf eine scharfe Muschelkante getreten. Ihr Fuß blutet und Mama klebt ein Pflaster drauf. So ist das eben am Nordseestrand. Irgendwas ist immer los. Während unser Papa die Sandburg baut, in die wir gleich die großen Handtücher legen, um es warm zu haben, stürzen wir Mädchen in unseren Badeanzügen ins Wasser. Mama steht am Ufer und ruft immer wieder: »Nicht so weit raus! Nicht so weit raus!«

Aber langsam füllt sich der Strand mit immer mehr Urlaubern, und im Wasser planschen noch ein paar andere Kinder herum. Untergehen wird hier also heute keiner. Mich erfasst eine ziemlich große Welle. Mit Schwung schlägt sie über meinem Kopf zusammen, sie wirbelt mich herum und drückt mich unter die Wasseroberfläche, hinein ins weite Meer. Ich reiße die Augen auf, überall ist nur flaschengrünes Meer. Ich greife mit den Händen um mich, vielleicht erwische ich Tessi oder Mimi am Badeanzug oder wenigstens ein strampelndes Bein. Aber da ist nichts. Mein Knie schlägt auf einen Stein, es schwappt um mich herum. Plötzlich packt mich etwas und zieht mich nach oben, wieder an die Luft. Ich japse. Ich keuche. Ich schmecke Salz. Papa hebt mich hoch auf seinen Arm. »Da haben wir den kleinen Fisch.«

Er trägt mich zurück zum Strand, wo Mama mit entsetztem Blick auf uns wartet. Sie ringt sich ein fröhliches Lächeln ab. Ich weiß nicht, was sie hat. Ich sage doch: Heute geht hier keiner unter. Tessi und Mimi stehen neben Mama und zittern in ihren gelben und roten Badeanzügen. Meine kleine Schwester ruft: »Wir dachten, du ertrinkst!«

Und Mimi reckt den Daumen in Papas Richtung und sagt: »Gut gemacht.« Ich glaube, sie ist wirklich froh, dass ich nicht weggespült wurde.

Mama bemerkt bloß: »Ich habe doch gesagt, nicht so weit raus!«

Unter den Blicken der anderen Urlauber laufen wir im Entenmarsch zur fertigen Sandburg. Mama reicht uns die kleinen Handtücher zum Abtrocknen. Dann zwingt sie uns, die Kapuzenjacken anzuziehen. »Damit ihr euch nicht erkältet.« Mama wirkt immer noch leicht schockiert. Aber für mich ist mein kleiner Tauchgang keine große Sache. Ich bin sechs Jahre alt, kann fast schwimmen und mein Papa rettet uns alle. Wir kuscheln uns in die Sandburg. Mama lehnt sich dankbar an Papa, wir essen Käsebrot und plötzlich schlägt das Wetter um.

Am Abend sitzen Florian und ich immer noch vor aufgeklappten Laptops an unserem Wohnzimmertisch und arbeiten. Irgendetwas ist immer zu tun. Ein paar Mails schreiben, ein paar Termine vorbereiten, die Verabredungen unserer Kinder organisieren. So ist das eben, wenn man verheiratet ist und Familie hat. Richtig entspannen kann man sich erst, wenn Florian und ich kurz vor Mitternacht ins Bett fallen, uns einen Kuss geben und sagen: »Ich liebe dich, schlaf gut.« Das ist der Moment, in dem wir beide loslassen, uns auf die Seite drehen und Rücken an Rücken einschlafen. Nachts hat Florian oft Albträume, als würde er von irgendjemandem oder irgendetwas gejagt. Er schnauft und keucht und wimmert. Dann wache ich auf, stupse ihn sanft an oder streiche ihm über den Arm und flüstere: »Alles ist gut.« Ich habe selten Albträume. In einem Online-Kurs über luzides Träumen habe ich gelernt, wie ich meine Träume positiv beeinflussen kann. Das ist ganz einfach. Wenn ich träume, habe ich meistens Sex mit meinem Mann. In der Realität schaffen wir das nur ein Mal im halben Jahr. Aber meistens träume ich gar nichts. Ich glaube, das liegt an meiner Erschöpfung. Meine Erschöpfung ist auch nicht größer als die meiner beiden besten Freundinnen. Wahrscheinlich sind alle Menschen in unseren Breitengraden ähnlich erschöpft. Es sei denn, man ist reich und kann sich Zeit erkaufen. Gut, es gibt Menschen, die besser mit Stress umgehen können als andere. Ich würde sagen, dass ich ziemlich gut damit umgehen kann. Das heißt, ich gestehe mir lange nicht ein, dass ich schon komplett am Ende bin.

So hat es schon meine Mutter gemacht. Und davor ihre Mutter.

Ich tippe noch eine Arbeitsmail. Ich antworte noch jemandem freundlich, gebe Auskunft und meine Schulter tut weh vom Arbeiten am Computer. Vermutlich leide ich unter dem Frozen-Shoulder-Syndrom. Davon habe ich neulich im Internet gelesen. Es ist eine chronische Sache, von zu viel Schreibtischtätigkeit; und es ist schwer, das wieder loszuwerden. Die Waschmaschine piept drüben im Badezimmer. Ich stehe auf und gehe durch den dämmrigen Flur, in dem nur das Nachtlicht für die Kinder gelblich leuchtet. Ich stolpere über den Schulranzen unserer Mittleren. Die Wäsche hatte ich ganz vergessen. Ich kann mir wirklich Schöneres vorstellen, als nachts Wäsche im Schlafzimmer aufzuhängen. Ich will eigentlich nur neben meinem Mann liegen, mich an ihn schmiegen und mich freuen, dass ich jemanden gefunden habe, der so wunderbar zu mir passt. So, wie meine Eltern wunderbar zusammengepasst haben und es immer noch tun. Florian und ich verstehen uns einfach gut. Draußen gießt es in Strömen. Die Kinder sollen nicht von der piependen Waschmaschine aufgeweckt werden. Ich sehe sie schon im Flur stehen und schlaftrunken fragen: »Was ist los?« Und dann: »Ich hab Durst. Kann ich noch was essen?« Mein Mann kommt hinter mir her.

»Ich helfe dir.« Gemeinsam tragen wir die nasse Wäsche zum Trockner in unserem Schlafzimmer. Ich knipse das Licht an und gerade, als wir die T-Shirts und Socken aufhängen wollen, wieselt etwas kleines Felliges ganz schnell an der Kante des Bücherregals entlang und verschwindet blitzschnell unter unserem Bett. Ich schreie: »Oh Gott!«

»Was ist los?«, fragt mein Mann und lässt vor Schreck die kurze Hose unseres Jüngsten auf die Dielen fallen.

»Ich kann nicht mehr«, krächze ich. Inzwischen habe ich begriffen, was da über unseren Boden geflitzt ist. »Tobias!« Der Hamster unserer Kinder. Unsere Kinder lieben Tobias über alles; er ist schon ziemlich alt. Florian und ich haben große Angst, dass das Tier nicht mehr lange durchhält. Es gehört einfach zu unserer Familie. Das Problem ist nur: Tobias kann sich aus seinem Käfig befreien und macht sich gerne selbstständig, um unsere Wohnung zu erkunden. Er hat schon das Kabel des WLAN-Routers angeknabbert und einmal haben wir ihn mehrere Stunden lang gesucht. Ich musste sogar ein Zoom-Meeting verschieben. Schließlich habe ich ihn im Bett unseres jüngsten Sohnes entdeckt; und er hatte rätselhafterweise einen Zahn weniger. So eine Geschichte wiederholt sich alle paar Wochen. Immer dann, wenn die Kinder seinen Käfig nicht richtig zugemacht haben. Klar ist jedenfalls: Wir können Tobias unmöglich über Nacht in unserem Schlafzimmer herumgeistern lassen. Bei dem Kratzen und Knistern würden wir kein Auge zumachen. Außerdem soll er nicht noch ein Stromkabel anknabbern. Ein Brand in der Wohnung hat uns gerade noch gefehlt.

Florian und ich haben im Laufe unserer Elternschaft eine sehr wirksame Strategie entwickelt, um nicht in Panik zu verfallen. Die Devise lautet: Immer erst das zu Ende bringen, was wir gerade tun. Also hängen wir in aller Ruhe die Wäsche auf, ich ziehe mein Schlaf-T-Shirt an, hinter den Fenstern regnet es in den nächtlichen Innenhof unseres Altbau-Mehrfamilienhauses und auf unseren nachträglich angebauten Balkon, den wir auch in diesem Sommer aus Zeitmangel fast nie benutzt haben.

Ich will mich wirklich nicht beklagen, aber es ist nun mal so. Nachmittags bringen wir unsere Kinder zum Kieferorthopäden, zum Ballett, zum Klavier, zum Schlagzeug, zur Mathenachhilfe, gehen einkaufen und kümmern uns in letzter Zeit auch immer mehr um unsere gebrechlicher werdenden Eltern. Florian und ich wachsen enorm an unseren Aufgaben und wir sagen uns so oft: Wenn wir jetzt auch noch streiten würden, würden wir einfach verpuffen. Wir können es uns schlicht nicht leisten, uns nicht zu verstehen. Das ist wahrscheinlich eine Art Stockholm-Syndrom. In einer Notsituation bindest du dich an den einzigen Menschen, der verlässlich an deiner Seite ist.

»Ich schaue gleich hinterm Bett nach.« Florian hängt die letzten Socken auf. Er hat Augenringe. Dann rückt er unser großes Ehebett von der Wand. Unser Schlafzimmer ist ziemlich zugestellt, weil wir sehr viele Bücher haben und auch unsere beiden Schreibtische hier stehen. Trotz Studium und regelmäßigem Einkommen ist es schwer, eine ausreichend große und bezahlbare Wohnung zu finden. Früher hieß es: Ein tolles Studium ist gleich ein tolles Leben. Das gilt nicht mehr. Unsere Eltern sagen, wir sollen an den Stadtrand ziehen, damit die Kinder wenigstens im Grünen aufwachsen. Dann könnten wir vielleicht sogar einen Hund halten. Aber an den Stadtrand bringen mich keine zehn Pferde. Wir haben schon die schlimmsten Geschichten von Bekannten gehört, die nur noch im Auto saßen, weil es weit und breit keinen Bioladen, keinen Klavierunterricht und keine Montessori-Kita gab.

»Siehst du ihn?«, frage ich.

Florian ist schon auf den Knien und guckt hinter das Bett. Ich krabble auf unsere Matratze und sehe ebenfalls hinters Bett. Da ist kein Tobias. Dafür sehr viel Staub und meine Schlafbrille, die ich überall gesucht habe. »Vielleicht ist er unter das Bücherregal gehuscht«, überlegt Florian.

»Glaubst du, unseren Eltern ging es früher auch so?«, frage ich und gucke rüber zu unserem Wecker. Es ist kurz vor halb zwölf. Ich will nur noch ins Bett. Ich weiß, dass meine Eltern auch abends oft noch am Wohnzimmertisch gesessen und Dinge erledigt haben, aber hatten sie wirklich so viel zu tun?

»Ich glaube, früher war das Leben nicht so kompliziert«, überlegt Florian. »Außerdem hätten unsere Eltern keinen solchen Aufwand mit uns betrieben. Wir sind ja überall allein mit dem Rad hingefahren.«

»Na ja«, sage ich. »Ich weiß noch, dass meine Mutter manchmal ziemlich tapfer geguckt hat, weil sie komplett erschöpft war.«

»Ja, vielleicht«, sagt Florian. »Trotzdem kann es für unsere Eltern nicht so anstrengend gewesen sein. Es waren die goldenen Achtziger! Aufschwung für alle. Sie mussten uns ja auch längst nicht so viel verbieten, wie wir unseren Kindern. Allein die Technik. Ständig müssen wir uns mit diesem Frust rumschlagen, müssen verhandeln, Spielzeiten einrichten, Safe Search bei Google einstellen, Passwörter vergeben, die wir wieder vergessen. Die Warteschleifen, in denen wir jeden Tag hängen.«

Ich nicke. »Ja, wir waren früher viel mehr an der frischen Luft und abends müde.«

Florian schiebt das Bett zurück. »Da ist kein Tobias. Nur eine ganze Menge Staub.«

»Mein Hamster ist früher mal an unserem Bücherregal im Wohnzimmer entlanggehuscht und hat sich hinter dem Vorhang versteckt«, erinnere ich mich.

»Dann schauen wir da nach.« Florian kriecht unter seinen Schreibtisch und hebt vorsichtig den Vorhang hoch. »Ich hab ihn«, flüstert er. Er greift nach Tobias und kommt wieder unter dem Tisch hervor.

Ich sage: »Siehst du, früher war alles einfacher. Sogar Hamster suchen.«

Florian küsst mich auf die Stirn und trägt Tobias ins Kinderzimmer zu seinem Stall. Und wie ich da so allein in unserem Schlafzimmer auf der Bettkante sitze, fange ich an zu weinen. Vielleicht sind das die Wechseljahre, von denen im Moment alle reden. Das scheint das neue große Ding zu sein. Laut Google fangen die Hormonschwankungen auch schon mit Anfang vierzig an. Also bin ich mit Mitte vierzig altersmäßig bereits mittendrin – ohne Symptome. Abgesehen davon, dass ich jetzt plötzlich weine. In unserer Gesellschaft muss ja sofort etwas Pathologisches vorliegen, wenn man mal weint. Früher war es ganz normal zu weinen. Ich schluchze, wische mir die Augen und Florian kommt wieder rein: »Was ist denn los?« Er ist gleich ganz besorgt. »Wir haben doch den Hamster!«

Ich will schon sagen: »Vermutlich bin ich in den Wechseljahren«, aber das stimmt nicht. Ich spüre es. Es ist etwas anderes. Ich sage: »Ich möchte zurück in meine Kindheit. Wo alles so einfach war. Da wusste ich immer, wer ich war. Ich fühlte mich mit allem so verbunden. Ich war in meinem Körper und alles war gut.«

Florian lässt sich mit mir nach hinten auf die Tagesdecke fallen. »Was war denn dein schönster Geborgenheitsmoment? Weißt du das noch?«

Natürlich erinnere ich mich an ihn, obwohl ich seit Jahrzehnten nicht mehr daran gedacht habe. Aber ich kann ihn sofort aus all meinen Kindheitserinnerungen herausfiltern. Komisch, dass ich Florian noch nie davon erzählt habe. Ich lege meinen Kopf auf seine Brust und sage mit Blick auf unsere immer noch nackte Glühbirne, die von der Decke baumelt: »Als ich ungefähr sechs Jahre alt war, da waren wir im Urlaub in Dänemark, an der Nordsee. Als wir vom Strand zurückkamen und durch die Dünen zu unserem Ferienhaus gehen wollten, gerieten wir in ein ziemliches Unwetter. Mein Vater hatte so einen übergroßen, gelben Regenmantel an. Wir stellten uns dicht an einen dieser Bunker und er breitete seinen Regenmantel um uns drei Mädchen aus. Wir kuschelten uns an seine Beine, geschützt

vor Wind und Regen. Es fühlte sich so warm und sicher an. Ich weiß noch genau, wie der Mantel gerochen hat. Nach Gummi, nach meinem Vater und nach Sand. Meine Mutter stand neben uns unter ihrem Regenschirm und gab uns Butterkekse.«

Florian seufzt: »Das ist eine schöne Erinnerung. So einen Regenmantel brauche ich auch, damit ich unsere Kinder damit vor dem nächsten Unwetter schützen kann.«

»In unserem Fotoalbum klebt sogar ein Bild davon. Mein Vater schaut oben aus dem Mantel heraus und unten sind ganz viele Gummistiefelfüße. Wenn wir das nächste Mal bei meinen Eltern sind, zeige ich es dir«, sage ich mit kehliger Stimme und muss schon wieder weinen. Florian schließt seine Arme fest um mich. Auch das haben wir mit den Jahren gelernt: Umarmen hilft manchmal mehr als Reden. Sein T-Shirt ist von meinen Tränen ziemlich durchgeweicht. Plötzlich richtet er sich auf und sagt: »Komm mit, Kati!«

Bevor ich fragen kann, was er jetzt, kurz vor Mitternacht, vorhat, greift er nach meiner Hand, zieht mich vom Bett, raus in den Flur und zur Garderobe. Da hängt seine hauchdünne Goretex-Regenjacke. Er schlüpft hinein, nimmt wieder meine Hand, zieht mich durchs Wohnzimmer, öffnet die Tür zu unserem nachträglich angebauten Balkon, auf den gerade der Sommerregen in Strömen herunterrauscht. Barfuß stehen wir zwischen zwei Blumenkübeln. Er nimmt mich fest in den Arm, legt seine Regenjacke um uns, und so sehen wir hinaus in unseren Hinterhof.

In den Fenstern gegenüber gehen nach und nach die letzten Lichter aus. Die Tropfen prasseln auf den großen Kastanienbaum. Ich rieche Florians guten Duft, ich rieche das Goretex seiner Regenjacke und er flüstert: »Nur Butterkekse habe ich gerade keine.«

DIE BERGE

Über moderne Väter, verständnisvolle Ehefrauen, To-do-Listen auf Weihnachtskarten, Kinder, die lernen müssen, mit Frustration umzugehen und Freunde auf der Suche nach dem richtigen Leben

Heute Vormittag ist unsere ganze Familie bei Freunden zum Sonntagsbrunch eingeladen. Wir sitzen am Terrassentisch. Unsere Freunde wohnen mit ihren drei Kindern in einem Reihenhaus am Stadtrand. Wir haben auch drei Kinder. Wir Eltern lieben unsere Kinder. Und genau das macht uns fertig. Zum Glück ist das Wetter so schön, dass alle sechs Kinder in den nahe gelegenen Park gehen können, um Ball zu spielen und Hängematten aufzuhängen. Sechs Jungen und Mädchen zwischen acht und zwölf Jahren. So haben wir Erwachsenen mal die Gelegenheit, uns gegenseitig unser Herz auszuschütten. Kaum hat unser Nachwuchs den schmalen Reihenhausgarten verlassen, sagt unser Freund Thomas mit einer gewissen Härte in der Stimme: »Dieses Jahr fahre ich nicht in den Sommerurlaub.«

Meine Frau und ich lachen, weil wir das für einen Scherz halten. Aber Thomas lacht nicht. Er streicht Butter auf seinen Bagel und sagt: »Das ist mein voller Ernst. Über Weihnachten waren wir für fünf Tage in Schottland. Ich habe nur Koffer geschleppt, und jedes Mal, wenn wir in ein neues Hotel kamen, habe ich das WLAN-Passwort in die technischen Geräte der Kinder eingegeben, damit sie keinen Nervenzusammenbruch bekommen. Das ist keine Erholung. Das ist Stress. Stress pur.«

Marie und ich wissen nicht, was wir sagen sollen. Klar, Urlaub mit der Familie ist Stress. Aber im Sommer gar nicht wegzufahren? Sechs Wochen zu Hause, das ist doch auch Stress. Wir nippen an unseren Teetassen und sagen: »Wie wär's mit Robinson Club? Wir haben gehört, da gibt es Kinderbetreuung.«

Doch Thomas schüttelt den Kopf: »Ich will keine anderen Leute sehen. Ich will kein Büfett und kein lautes Geplansche im Pool. Ich will meine Ruhe haben. Ich bleibe zu Hause auf der Terrasse.«

Seine Frau Julia sagt gar nichts dazu. Sie scheint ihn zu verstehen, dabei liebt sie Spanien und würde am liebsten dort leben. Aber sie kommt sowieso nicht zu Wort. Thomas redet nämlich gleich weiter: »Erklärt es mir! Warum ist alles so kompliziert geworden? Jeden Tag sitze ich mit den Kindern stundenlang am Küchentisch und mache mit ihnen Hausaufgaben. Wenn ich sage: Jetzt machen wir Mathe, dann schalten sie schon auf Durchzug. Ständig sind sie erkältet, müssen zum Arzt, Kinder kommen zum Spielen, irgendeine Klassenfahrt muss bezahlt werden. Nachts liege ich wach und schreibe in Gedanken To-do-Listen. Aber die Aufgaben werden nicht weniger, sondern mehr. Gestern, als unsere Waschmaschine den Geist aufgegeben hat, dachte ich, jetzt implodiere ich. Wirklich. Ich warte auf den Moment, an dem ich einfach implodiere.«

Thomas ist ein alter Schulfreund von mir. Wenn ich ihn so reden höre, mache ich mir ernsthaft Sorgen um ihn. Er trägt seine Ansichten mit einer Vehemenz vor, die ich von ihm nicht kenne. Dabei weiß ich, was er meint. Auch ich warte seit Jahren auf den Moment, an dem ich einfach implodiere. An dem mir ein riesiger Hammer auf den Kopf schlägt und alles vorbei ist. Ende Allende. Auch ich schreibe jeden Tag neue Listen auf Schmierzettel, in Excel-Tabellen, sogar auf die selbst gebastelte Weihnachtskarte meiner Schwiegereltern habe ich schon Notizen gemacht. Was peinlich war, weil sie sich immer so viel Mühe damit geben. Meine Frau Marie war fassungslos, als sie auf der aufwendig gestalteten Collage, zwischen von Hand ausgeschnittenem Tannenbaum und gezeichnetem Weihnachtsmann mein hingekritzeltes »Auto zum TÜV« entdeckte.

Ich reiche Thomas den Brötchenkorb und sage: »Ja, manchmal denke ich auch: Jetzt implodiere ich. Wie sollen wir schaffen, alles im Auge zu behalten, damit uns nichts durchrutscht und der Schaden so groß wird, dass es immense Kraft kostet, das alles wieder zu fixen?«

Meine Frau und Julia tauschen unauffällig Blicke, als ob sie uns für durchgedreht halten. Marie legt mir beruhigend die Hand auf den Oberschenkel. »Du bist einfach etwas überanstrengt. In der Situation reichen oft schon Kleinigkeiten, um sich überfordert zu fühlen.«

Darauf reagiere ich gar nicht. Ich sehe Thomas an und nehme mir noch etwas von dem Rührei. Ich sage: »Kein Scherz, ich stehe kurz vor dem Burn-out.«

WICHTIG
• FLASCHEN WEGBRINGEN
• WASCH-MITTEL
To Do
• AUTO ABHOLEN
• SCHLAUCH FÜR WASCH-MASCHINE
• Rezept APOTHEKE
• ELTERNVESAMM.
• KLASSEN-FAHRT ÜBERWEISEN
• KLO-PAPIER
• GESCHENK KINDERGEB.
• SCHLÜSSEL Nachmachen
WICHTIG
• BROT KAUFEN
• BÜCHER BIBO

Thomas nickt. »I feel you, Bruder.« Den Spruch hat er sich vor zehn Jahren aus der Serie *Prison Break* abgeschaut. Seitdem zitiert er ihn gerne, besonders in Momenten, in denen er ausbrechen will.

Ich sage: »Inzwischen glaube ich, dass es anstrengender ist, Vater als Mutter zu sein.« Ich bemerke, wie Marie und Julia einatmen, als wollten sie widersprechen. Aber ich ignoriere das. Es muss einfach mal gesagt werden: »Wir neuen Väter wollen es nicht so machen wie unsere alten Herren und versuchen, bei jedem Schritt, den unsere Kinder machen, dabei zu sein, sie zu unterstützen und ihnen Geborgenheit zu schenken. Natürlich neigen wir dazu, unseren Kindern alles abzunehmen, vor allem den Frust. Wir verwöhnen sie viel zu sehr. Wir lesen ihnen abends vor, bis wir selbst fast einschlafen. Wir können nicht »Nein« sagen, bis wir so überfordert sind, dass wir es dann brüllen. Danach müssen wir uns bei allen entschuldigen. Wir haben entsetzliche Schuldgefühle und denken, wir haben alles kaputt gemacht, was gerade noch so harmonisch war.«

»Stimmt genau«, sagt Thomas und schiebt sich die Sonnenbrille nach oben, weil die Sonne gerade von einer Wolke verdeckt wird. »Ich komme mir dann vor wie mein cholerischer Vater. Als könnte ich das nie wiedergutmachen.«

»Aber ihr seid die besten Väter, die man sich vorstellen kann«, sagen Julia und meine Frau wie aus einem Mund.

Thomas schüttelt den Kopf. »Nein. Das sind wir nicht. Wir sind ausgebrannte Wracks. Ich jedenfalls habe nicht auf mich geachtet. Ich habe nicht gut für mich gesorgt.«

Meine Frau nickt und schaut mich an: »Das kannst du auch gar nicht. Du springst sofort auf, wenn eines der Kinder sagt, *Ich habe Durst.* Die können sich doch selber ein Glas nehmen.« Sie guckt über den Frischkäse zu Julia und seufzt: »Seit drei Jahren sage ich zu Johannes, er soll Yoga machen oder joggen gehen. Er hört nicht auf mich.«

»Wann soll ich das denn noch in meinen Tag einbauen? Um Mitternacht?« Ich sehe meine Frau leicht säuerlich an.

»Ich mache doch auch Yoga in unserem Schlafzimmer«, sagt sie mit einem scharfen Unterton. »Du musst dir den Raum dafür nehmen. Das kann dir niemand abnehmen.«

»Ja, und in der Zeit kommen drei Kinder rein und fragen, warum das Internet nicht funktioniert.«

»Dann musst du eben die Tür abschließen.«

»Der Schlüssel ist weg. Den hat Fritz vom Balkon geworfen, als ich ihm neulich ausnahmsweise das Handy weggenommen habe. Du siehst ja, was dann passiert. Noch mehr Schaden.«

Meine Frau zieht die Augenbrauen hoch. Sie hält mich für einen hoffnungslosen Fall. Sie glaubt mir nicht, dass ich mir keinen Raum verschaffen kann. Als Frau hat sie in den Jahrzehnten der Emanzipation längst gelernt, wie das geht. *Sich Raum verschaffen.* Thomas und ich stecken da noch in den Kinderschuhen. Eigentlich müssten wir uns auch emanzipieren.

Ich esse das restliche Rührei auf und sage, während ich die Serviette zusammenfalte: »Ist aber auch egal. Diesen Sommer fahren wir in die Berge.«

»Mit drei Kindern?« Julia und Thomas sehen mich schockiert an.

Meine Frau nickt entschlossen. »Das habe ich so entschieden.«

Ja, das stimmt. Marie hat das so entschieden, weil ich mir das schon so lange wünsche. Um ehrlich zu sein, wünsche ich mir das, seit wir uns kennen. Aber dann haben wir beide mehr oder weniger unsere Karrieren gemacht, ich bin befördert worden, wir haben geheiratet, wir haben ein Kind bekommen, ich habe gekündigt und mich selbstständig gemacht, wir haben noch zwei Kinder bekommen. Marie und ich haben bis spät in die Nacht Papierkram erledigt, gedacht, wir kaufen uns ein kleines Häuschen auf dem Land, dann kam die Steuer, da war es aus mit dem Traum, dann kam Corona, ich habe kein Geld mehr verdient, dann ging es endlich etwas aufwärts, jetzt bin ich wieder fest angestellt, arbeite aber von zu Hause aus, während Marie für sich entschieden hat: »Ich brenne mich nicht weiter aus. Ich gehe jetzt zur Massage.« Und weil sie sich in letzter Zeit so gut um sich selbst kümmern kann, kümmert sie sich nun auch um mich und meine Träume. Auch wenn sie findet, dass das eigentlich meine Aufgabe ist.

Thomas schenkt uns allen ein Gläschen Sekt ein und plötzlich wird er fröhlich: »Hannes, du wirst die Kinder ununterbrochen die Berge hochtragen.«

»Nein, das wird er nicht«, sagt Marie und klingt dabei wie ihre Mutter, die Schulleiterin eines Gymnasiums war. »Die Kinder werden laufen.«

»Dann werden sie die ganze Zeit jammern«, sagt Thomas und lacht jetzt richtig. Er scheint sich köstlich zu amüsieren.

Doch Marie bleibt ernst. »Da müssen sie dann durch.«

»Und ihr auch«, sagt Julia und grinst. Anscheinend halten sie sich für schlauer als wir.

»Tja«, zuckt meine Frau mit den Schultern. »Irgendwann müssen die Kinder eben selbst laufen lernen. Wir sind früher auch nicht überall hingefahren worden.«

Thomas nickt. »Ja, das stimmt.«

Er will noch etwas sagen, aber Marie unterbricht ihn: »Wir hatten früher keinen Fernseher. Wir haben keine Süßigkeiten bekommen und in den Ferien waren wir immer in Norwegen, in Häusern, weit weg von der Zivilisation. Es war windig, es hat geregnet und wir sind stundenlang Rad gefahren, ohne diese alberne Funktionskleidung, ohne die man heutzutage nicht mehr aus dem Haus geht. Na und? Dann sind wir eben nass geworden. Wir Mädchen mussten in die Pedale treten, meine Mutter musste in die Pedale treten, immer im Rhythmus unseres gut trainierten Vaters. Wir waren müde, erschöpft, hungrig. Zurück im Ferienhaus gab es eine Scheibe Brot mit Käse. Ihr glaubt doch nicht, dass wir unterwegs etwas gegessen haben!«

»Warum nicht?«, fragt Julia.

»Um zu sparen«, sagt meine Frau mit gewissem Stolz in der Stimme.

Thomas trinkt seinen Sekt aus. »So hart war es bei uns nicht. Aber klar, Extrawürste gab es keine.«

Julia nickt. »Dafür waren meine Eltern viel zu sehr mit sich selbst beschäftigt.«

Meine Frau sagt sanft: »Johannes, du verwöhnst die Kinder zu sehr. Aber jetzt verwöhnen wir dich mal.«

Ich schüttle den Kopf. »Das will ich gar nicht. Ich träume nur davon, morgens in einer Berghütte aufzuwachen und durch die offenen Fenster auf schneebedeckte Gipfel zu schauen. Darüber spannt sich der blaue Himmel, irgendwo höre ich ein paar Ziegen meckern, ein Falke kreist über uns.«

»Und die dunklen Tannen rauschen.« Julia lacht. »Wie bei Heidi und dem Ziegenpeter.«

»Ja, genau! Wie bei Heidi und dem Ziegenpeter«, sage ich und bekomme plötzlich feuchte Augen. »Oder wie damals bei meiner Oma. Sie hatte eine kleine Wirtschaft im Harz, in der Nähe vom Brocken. Als Kind aus Norddeutschland kam mir das Harzer Gebirge riesig vor.«

Marie sieht mich freundlich und mitfühlend an. Sie weiß eben, was in mir vorgeht. Ich denke gerade an die schlimme Trennung meiner Eltern. Meine beiden kleinen Schwestern und ich haben ziemlich darunter gelitten. Natürlich könnte man jetzt sagen: »Werd erwachsen, Johannes!« Ich versuche es. Ich versuche es die ganze Zeit, indem ich eben nicht so werde wie mein Vater, der seine Frau und seine Kinder zusammengebrüllt hat, wenn es ihm mal wieder zu viel wurde. Aber es kostet so viel Kraft, es anders und besser zu machen, nicht auszuflippen, ruhig zu bleiben. Und dabei fühle ich mich oft heimatlos.

Ich sage, mehr zu mir selbst: »Bei meiner Oma waren meine Schwestern und ich geborgen, wenn es zwischen unseren Eltern wieder mal richtig schlimm wurde. Dort haben wir die schönste Zeit unserer Kindheit verbracht, während sich Mama und Papa zu Hause zerfleischt und dann getrennt haben.«

Leise stellt Thomas seine Teetasse auf die Untertasse. Er lehnt sich zurück. Es ist seltsam still auf der Terrasse unserer Freunde. Sogar die Amseln haben aufgehört zu zwitschern. Obwohl wir uns schon so lange kennen, haben wir noch nie so offen miteinander gesprochen. Julia fegt mit der Handkante ein paar Brötchenkrümel von der Tischdecke. Meine Frau lächelt. Ich strecke mich und sage: »Wir durften Pippi Langstrumpf sehen. Dazu gab es Grießbrei mit Himbeersirup und heiße Schokolade. Meinen beiden kleinen Schwestern hat Omi immer hübsche Zöpfe geflochten und abends kuschelten wir uns zu dritt in das Bett unter der Dachschräge. Wir lauschten dem Ticken der Wanduhr und schließlich schliefen wir ein. Aber …«, ich mache eine kleine Pause und lasse meinen Blick verträumt über den handtuchgroßen Reihenhausrasen gleiten, bis zur hohen Hecke, die das Nachbargrundstück abtrennt. »Am schönsten war es, morgens ganz früh aufzuwachen und aus dem offenen Fenster auf die Berge zu schauen. Da wusste ich, es wartet das beste Leben auf mich.«

Meine Frau legt die Hand auf mein Knie. »Und genau an dieses Gefühl wirst du dich in unserem Urlaub wieder erinnern.«

Ich beuge mich zu ihr und gebe ihr einen Kuss. »Ich freue mich drauf!«

»Hauptsache, die haben gutes WLAN für die Kinder«, murmelt Thomas und räumt die Teller zusammen. Wir sind wirklich schon lange Freunde, aber manchmal kann er einem wirklich die Zuversicht nehmen.

Grießbrei

DIE GESCHICHTE HINTER DEM BUCH

Alexa, Kathinka und Eike lernten sich kennen, als ihre Kinder noch sehr klein waren. Während Alexa ihre Romane schreibt, entwerfen Kathinka und Eike ihre Stoffdesigns. Genau wie Alexa beziehen sich auch Bonnie & Buttermilk in ihrer schöpferischen Arbeit immer wieder auf das kindliche Erleben. So entstand die Idee, gemeinsam ein Buch zum Thema Geborgenheit zu gestalten, in dem sich möglichst viele Leserinnen und Leser mit ihren Kindheitserinnerungen wiederfinden können. Auf Instagram riefen Alexa, Kathinka und Eike dazu auf, von längst vergangenen Geborgenheitsmomenten zu erzählen. Die Resonanz war überwältigend. Viele, viele wunderschöne Momente kamen als Antwort. Sie alle waren sehr verschieden, hatten jedoch alle ein verbindendes Element: Hingabe.

Sechs dieser Momente wurden ausgewählt. Sie dienten als Inspiration für Alexas Kurzgeschichten, die eine Verbindung zwischen der Komplexität der Gegenwart und der Einfachheit der Kindertage knüpfen. Die Illustration »Der gelbe Regenmantel« ist zum Sinnbild aller Momente der Geborgenheit geworden und erinnert daran, dass es oft nicht viel mehr braucht als ein altes Sofa, einen großen Regenmantel, ein paar Butterkekse oder eine Umarmung, um zu wissen, dass alles gut ist.

Eike Braunsdorf, Alexa Hennig von Lange,
Kathinka Oettrich (v.l.n.r.)

DANK

Wir danken allen, die ihre berührenden Geborgenheitsmomente mit uns geteilt haben. Es ist uns nicht leicht gefallen, aus den über hundert eingesandten Kindheitserinnerungen sechs für dieses Buch auszuwählen. Jede dieser Erinnerungen trug viel Wärme, Dankbarkeit und Liebe in sich. Sie alle haben wieder einmal gezeigt, wie einfach die kostbarsten Augenblicke sein können. Es war spannend und berührend, die Momente von Philipp Heinemann, Katja Kulin, Viola Gräfenstein, Katrin Lübeck, Jana Hafenrichter und Swantje Jasca in Kurzgeschichten und Illustrationen festzuhalten und ihnen so ein Zuhause zu geben.

Wir danken unseren Eltern, die uns immer ein Gefühl von Geborgenheit gegeben haben. Die immer da waren für uns und unsere Sorgen und Gedanken, die uns die schöne Kindheit beschert haben, von der wir noch heute zehren. Wir danken unseren Familien, unseren Kindern, mit denen wir das Gefühl von Geborgenheit wiederholen und uns an so viel Schönes erinnern dürfen.

Alexa Hennig von Lange verrät ihre liebsten Rezepte und lässt uns an ihrem Leben mit fünf Kindern teilhaben. Ihre gesunde Ernährung bedeutet dabei nicht Verzicht, sondern ist heilsam, wohltuend und vor allem: unglaublich lecker. Als Jugendliche hat Alexa ihren entspannten Umgang mit Essen verloren. Nach vielen Jahren des Kalorienzählens wurde die pflanzliche Ernährung für sie schließlich der Schlüssel zum Wohlfühlen.

»›Relaxt vegan‹ ist eine kunterbunte Liebeserklärung: an das Kochen, die Natur und die wundersame Welt der pflanzlichen Gerichte in all ihren Facetten.«
SLOWLY VEGGIE!

»Lohnt sich ... für Teilzeitveganerinnen oder Anfänger, die klimaschonendere, etwas gesündere Varianten von Pizza, Auflauf und Bowls suchen.«
SÜDDEUTSCHE MAGAZIN ONLINE

Das bei der Produktion dieses Buches entstandene CO_2 wurde durch die Finanzierung von Klimaschutzprojekten kompensiert: climate-id.com/17531-2110-1001/de

1. Auflage 2024

Verlagskoordination: Kathrin Nick
Lektorat: Leonora Tomaschoff
Gestaltung: Andrea Lehmann
Reproduktionen: PPP Pre Print Partner, Köln
Druck und Bindung: DZS Grafik, Ljubljana

FSC www.fsc.org MIX Papier | Fördert gute Waldnutzung FSC® C106600

Printed in Slovenia
ISBN 978-3-7558-2006-2
www.dumont-buchverlag.de